파라-다이스

초판 1쇄 발행 2025년 6월 18일

지은이 정주하 백민석 황모과
기획 서경식
편집 박현정 최재혁 최유철
디자인 박대성
제작 세걸음

펴낸이 박현정
펴낸곳 연립서가
출판등록 2020년 1월 17일 제2022-00024호
주소 경기도 양평군 서종면 북한강로648번길 4, 4층
전자우편 yeonrip@naver.com
페이스북 facebook.com/yeonripseoga
인스타그램 instagram.com/yeonrip_seoga

ISBN 979-11-93598-07-8 (03810)
값 25,000원

* 이 책의 내용의 일부 또는 전부를 이용하려면 지은이와 연립서가의 동의를 얻어야 합니다.
* 잘못 만들어진 책은 구입하신 서점에서 교환해 드립니다.

[*Para–Dies*]

파라—다이스

정주하 × 백민석 × 황모과 + 서경식

연립서가

3
재난의 표상 (불)가능성
서경식 × 정주하
183

+
편집 후기
206
작업 일지
211

차례

1
검은 소
백민석
17

마지막 숨
황모과
67

2
미나미소마 일기
정주하
143

2011년 3월 11일,
대지진과 쓰나미가
일본 도호쿠 지방을 덮쳤다.

다음 날 후쿠시마의 도쿄전력
제1원자력발전소에서 폭발이
일어났다.
십수 만 명이 집을 버리고
떠났다.

사고 지점 반경 20km 이내는
출입 금지 구역이 되었다.
동물들 역시 방사능에
노출되었다.

국가의 명령을 거부하여
소를 죽이지 않고
먹이를 주는 목부가 있었다.

사람들은 그곳을 이제
'희망 목장'이라고 부른다.

다이스

검은 소

백민석

국도 저편에서
갑자기, 시커멓고
커다란 그림자
하나가 불쑥
솟아올랐다.

"털이 정말
새까맣네요.
무슨 소인가요?"
"무슨 소긴,
검은 소지."

검은 소들은
그저 경계인
벌판에 머무르며
풀을 뜯고
음매음매 소리 내
울 뿐이었다.
자기들 앞에
넘지 못할 선이
그어져 있다는 듯이.

검은 소들의 느릿느릿한
움직임을 따라 잔상처럼
검은 흔적들이 나타났다
사라졌다.

흔적들은 잔물결처럼 소들의
윤곽을 이루며 짧게 일렁이다가,
소가 걸음을 멈추면 사라졌고
걸음을 옮기면 다시 나타났다.

"여기에 오고 나서 날 찾은 외지인은 당신이 처음이에요. 난 살면서 내가 찾기만 했지, 누가 날 먼저 찾아본 적이 없어요. 엄마 아빠조차 나를 찾지 않았죠. 아빠가 찾지 않은 건 다행이라 할 수 있어요. 젊어서 연애를 하면서도 누가 먼저 나한테 접근하고 연락처를 달라고 한 적은 없었어요. 매번 나였죠, 전화번호를 달라고 한 건."

게이코 씨는 커다란 스테인리스 주전자를 난로에 올려놓으며 말했다. 손목에 힘이 들어가지 않은 걸 보니 차 한두 잔 끓일 물만 들어 있는 듯했다. 난로는 녹은 잘 닦여 있었지만 검댕이 덕지덕지 앉아 있었다. 전후 미 군정 때나 썼을 것 같은 골동품 난로였다. 땔나무들이 삐뚤삐뚤하게 화실 밖으로 튀어나와 있었다. 늦가을이니 불을 피울 때가 됐다.

"연애 못 해 본 사람 있어요? 둘이서 못 하면 혼자서라도 하는 게 연애죠." 게이코 씨는 머그잔에 커피믹스 한 봉을 따 넣으며 말했다. "한 번에 셋 이상이라면 골치 아플 수도 있겠지만."

"인간은 욕정의 동물이니까요." 내가 말했다.

"인간은 사랑의 동물이죠."

게이코 씨는 끓는 소리가 나는지 주전자에 귀를 기울이고 있다가 주전자를 들어 머그잔에 물을 부었다. 흰 김이 가만히 피어올랐다.

"커피믹스는 잘 받았어요. 홍차도 있던데. 녹차도."

표정만 봐서는 차를 선물 받은 게이코 씨의 기분이 얼마나 좋은지 알 수 없었다. 그녀의 미소는 기본값이 희미한 미소였고, 거기서 입꼬리가 더 기분 좋게 휘어진다든가 하는 약간의 변화만 드러났다. 듣기 불편한 질문도 있었을 텐데, 그때도 희미한 미소는 그녀의 얼굴에서 사라지지 않았다. 그게 기본이었다.

"경계 지역에 있는 우체국이 인상적이었어요." 내가 말했다. "폐쇄된 지 오래고 관리하는 사람도 없는 우체국인데도, 우편을 주고받는 기능은 여전하다는 게."

나는 여느 우체국처럼 문을 열고 들어가, 한쪽 벽면을 차지하고 있는 주소지별 우편함에 선물이 든 꾸러미를 넣어 두고 나왔었다. 전등은 들어오지 않았지만, 창문이 많아 어둡지는 않았다. 안쪽의 짙은 그늘이 좀 을씨년스럽기는 했다. 상상력이 풍부한 사람이라면 뭔가 기묘한 형체를 덧칠해 넣을 수도 있을 것 같았다. 이를테면 접수대 건너편에, 거미줄이 엉겨 붙은 챙모자를 쓴 우체국 국장을 앉혀 놓을 수도 있을 것이다. 그리고 내가 말을 걸면, 이승에서는 통용되지 않는 언어로 시끌벅적하게 새로운 우편 절차를 설명해 주는 것이다. 잠깐 있다 나왔는데도 우체국 실내 공기의 퀴퀴한 곰팡이 내가 겉옷에 잔뜩 배어 있었다. 그래도 유령의 입 냄새보다는 곰팡이 내가 훨씬 받아들일 만하지 않은가.

"못 받으실까 봐 걱정했어요, 다른 사람이 가져갈 수도 있었잖아요."

"그런 경우는 없어요."

게이코 씨는 다른 사람에게 해를 끼치는 사람들은 센다이 같은 도시에 빌붙어 살지 구태여 여기까지 살러 오지는 않는다고 했다. 나는 그런 사람이 경찰의 추적을 피해 숨어들었을 수도 있지 않겠냐고 했다. 그녀는 잠시 할 말을 찾는 듯하더니 희미한 미소 끝에, 사람과 말을 섞는 일이 너무 드물다 보니 내가 하는 말에 무슨 대꾸를 해야 할지 잘 모르겠다고 했다.

"말하는 법은 잊지 않았어요. 대화를 나누죠, 매일. 수다도 잘 떤답니다."

그리고 게이코 씨는 바로 얼마 전에 먼지를 닦아 낸 티가 나는 창문을 열고 손을 펼쳤다. 어디선가 몸집이 작은 까마귀 한 마리가 날아와 창턱에 앉았다. 까마귀는 그녀의 손이 비었다는 사실을 알려 주기라도 하듯이 짧게 혀를 찼다. 그녀는 귀리 같은 것을 통에서 한 줌 꺼내 다시 손바닥을 내밀었다. 그녀는 까마귀가 모이를 쪼는 동안, 지금 먼 곳에서 손님이 한 명 와 있으며 그와 이야기를 나누던 참이었다고 말을 걸었다. 손님한테서, 그러니까 나한테서 겨울에 요긴하게 쓰일 담요와 차 선물을 받았다고도 했다.

게이코 씨는 까마귀를 창턱에 남겨 두고 거실로 돌아와

A4용지만 한 사진 액자를 들어 보였다.

"가만있으면 아무도 먼저 날 찾지 않을 거라는 사실을 어려서 깨달은 건 다행이었죠. 그 깨달음 덕에 연애도 해 보고 결혼도 했으니까. 남편도 내가 찾아내고 쫓아다닌 노력의 결과였어요. 우연, 복, 행운, 천생연분, 이런 건 믿지 않아요."

"첫사랑이었나요?"

"첫사랑이었죠." 게이코 씨는 자기 삶에 대해 더 이야기하고 싶은 눈치였다. "첫사랑만도 너무 힘들어서 두 번째 사랑은 엄두도 낼 수 없었으니까. ……첫사랑, 있었겠죠?"

"없었다고 하는 게 맞겠죠."

게이코 씨는 잠시 내 두 눈을 바라봤다.

"결혼사진을 보고 알았죠. 내 눈에 콩깍지가 단단히 씌었었구나. 그리 잘생긴 얼굴도 아니고 평균적인 몸매도 아니라는 사실은 알았지만, 실은 근육이 하나도 없는 커다란 두부 같은 몸이었죠. 콩깍지가 씌어 있어서 이 정도인 줄 모르고 결혼했구나, 내가 슈렉이랑 결혼하고 말았구나. 신혼집에 들어와서 결혼사진을 벽에 걸면서 비로소 남편의 실체랄까, 그 사람의 적나라한 모습을 보게 된 거죠."

〈슈렉〉이 개봉하고 한창 인기를 끌 때 그런 비극이 일어났다. 내가 뭔가 우스갯소리 따위를 하려고 머뭇거리는 동안 게이코 씨가 먼저 입을 열었다.

"피부가 초록색이거나 하지는 않았어요."

게이코 씨는 손바닥으로 액자의 먼지를 쓸어 냈다. 멀어서 제대로는 못 봤지만 두부 같은 몸이라는 말은 이해가 갔다.

남편은 지금 여기에서 그녀와 함께 살고 있지 않았다. 그녀는
남편과의 잡다한 추억을 들려주면서 아침 겸 점심상을 차렸다.
주전자에 물을 한 번 더 받아 왔고 난로로 물을 끓이면서,
부엌으로 쓰는 듯한 귀퉁이에 놓인 화로에 양은 곰솥 냄비를
올려놓았다. 그 냄비도 성한 것이 아니었다. 우글쭈글하고
그을음으로 새카매져 있었다.

"위장이 약해져서 세끼를 다 먹지 못해요." 게이코 씨가
아쉽다는 듯 말했다. "식사라고 할 만한 건 이 시간에 한 번만
해요."

난로의 물이 끓자 게이코 씨는 녹차 티백을 넣은 머그잔에
가득 따르고 두 손으로 감싸 쥐고는, 곰솥 냄비의 내용물이
끓어오르기를 기다렸다. 그녀는 나무 국그릇에 숨이 죽은 검은
채소가 늘어져 있는 국을 퍼 담고는 상에 올려놓았다. 그러고는
무쇠 밥솥에서 찬밥 한 그릇을 담아 가져왔다. 다른 건 없었다.

게이코 씨는 식사하는 동안 한마디도 하지 않았다. 고개를
들어 나를 쳐다보지도 않았다. 그녀는 저러다 말간 침이 되지나
않을까 싶게 정성을 들여 밥알을 씹었다. 나이 들어 위장이
나빠진 사람의 밥 먹는 시간이 얼마나 긴지 알고 있다. 내가
그렇게 되어 가고 있다.

밥과 국그릇을 다 비우고 게이코 씨는 또 정성 들여
머그잔을 비웠다. 한 모금을 머금고, 그 씁쓸한 맛을 입안에서
다시 한번 우려내려는 듯 한참을 있었다. 마침내 잔이 비자
그녀는 무릎과 허리를 번갈아 가며 부여잡고 끙 소리를 내며
상을 치웠다. 그녀는 물이 나오지 않는 마른 수도꼭지가 달린

싱크대에 그릇들을 넣고, 집 바깥으로 나가 양동이에 물을 길어 왔다. 그리고 설거지를 했고, 다시 주전자에 찻물을 끓였다. 그녀는 차를 좋아했다. 그녀에게 필요한 게 있냐고 물으니 단번에 차라고 답했었다.

 게이코는 그녀의 진짜 이름이 아니다. 그녀와 만난 일을 글로 쓰려고 했을 때, 본명을 비롯해 그녀의 신원이 드러날 만한 단서들은 쓸 수 없다는 사실을 깨달았다. 그때 마침 나는 시디플레이어에 시디를 바꿔 끼우려 하고 있었고, 여기저기 흩어진 시디들 가운데 '글로브globe'의 앨범이 눈에 들어왔다. 시디 재킷의 검푸른 새벽빛 한가운데 여성 보컬의 얼굴이 박혀 있었다. 보컬의 이름이 게이코였다.
 이 게이코는 그 게이코가 전혀 아니다. 그 게이코는 1990년대에 청춘을 보낸 사람이면 대부분 알 만큼 유명인이지만, 이 게이코는 30대 내내 도쿄의 이름이 지워진 동네에서 살았다. 이름이 지워진 동네로 숨어들어 자기 이름을 지우고 살았다. 그렇지 않아도 도쿄의 게토 같은 동네 어느 귀퉁이에, 한국인의 피를 이어받은 사람들이 모여 사는 초소형 게토 같은 뒷골목이 또 있다는 이야기를 들었지만 찾을 생각은 하지 않았다. 그녀는 말도 풍습도 한국 것이라면 하나도 몰랐다. 아무도 이웃의 이름을 알기를 원치 않는 동네에서, 본명을 알려 주겠다고 하면 귀를 막고 도망가는 동네에서, 그녀는 누구도 신경 쓰지 않는 가짜 이름을 갖고 살았다. 그녀 자신도 신경 쓰지 않았다. 누가 뭐라고 부르든 신경 쓰지 않았다.

게이코 씨는 서른한 살 생일 이후로 진심으로 자기 이름을 지워 버렸기에 이젠 기억조차 하지 못했다. 그녀가 자신의 본명을 알기 위해서는 어딘가 처박아 둔 옛 공문서들을 뒤져 봐야 한다.

　"그 공문서들을 어디에 뒀는지 알려면 작은방에 처박아 둔 짐 꾸러미들을 다 뒤져 봐야 하고, 하나하나 다 까 봐야 해요. 서류 봉투에 넣어 두었을 수도 있는데, 그러면 그 많은 서류 봉투를 일일이 열어 봐야 하고, 서류 봉투가 아니라 어디 신발 상자 같은 데 넣어 뒀을 수도 있는데 그러면 상자란 상자는 다 열어 봐야……."

　바깥에서 인기척이 났다. 게이코 씨는 자리에서 일어나 거실이자 식당이자 침실인 곳을 가로질러 서쪽 창가로 갔다. 창문을 열고 누군가의 이름을 불렀다. 그녀는 나를 들어 창틀에 올려 두었다. 그녀는 문을 열고 뒷마당 같은 곳으로 나갔다. 실은 이 집의 뒷마당인지, 옆집의 앞마당인지 알 수 없었다. 그녀의 집에서 반경 5킬로미터 내에 사람이 살고 있다는 공식 기록은 없었다. 눈으로 보기에도 그랬다. 후쿠시마 원전 사고가 터지기 전까지 목축업으로 먹고살았던 농촌 하나가 통째로 비어 버렸다. 이 집과 옆집의 경계도 허물어져 버렸다. 담도 울타리도 경계석도 사라졌고, 그런 것 따위 알 리 없는 시든 해바라기와 옥수숫대와 그녀가 서툰 솜씨로 일군 밭작물들이 산만하게 흩어져 있었다.

　사람이 떠난 집은 금세 무너져 버린다. 옆집도 벽의 색이 바래고 형체가 균형을 잃고 허물어지다 못해, 이제는 원래 있던 집이 남겨 놓은 우울한 음화陰畫처럼 보였다. 집이 어느 날 몸을 일으켜 떠나면서 남겨 놓은 반투명한 그림자 같았다. 실제로 뚫고 지나갈 수는 없겠지만 그래도 한번 시도는 해 볼까 싶을 만큼, 그늘 같은 존재감이 느껴졌다. 그늘은 눈에 보여도 만져지지는 않는다.

뒷마당에서 한 사내가, 목장의 울타리를 손보다 온 작업자처럼 회색 점프슈트를 입고 땔나무를 만들고 있었다. 땅에 떨어져 썩고 있는 나뭇가지를 주워 와 녹슨 손도끼와 전정용 톱으로 난로에 넣기 좋은 크기로 자르는 일이었다.

"이 마을에 사는 손아귀 힘이 약한 늙은이들을 위해 저이가 늘 수고해 주고 있어요."

거실로 돌아와 다시 찻물을 끓이며 게이코 씨가 말했다.

"난 무라타 씨라고 부르지만 다른 사람들은 뭐라고 부르는지 몰라요. 처음 봤을 때 내가 내 이름을 대며 아저씨는 이름이 뭐냐고 하니까, 대뜸 그게 아주머니의 진짜 이름이냐고 되묻더군요."

재난 지역에 와서 주인이 피난 나간 빈집의 자물쇠를 뜯고 정착한 사람이면 사연이 없을 수 없고, 사연도 보통 사연이 아닐 것이며…… 그런데 그런 사람이 생애 이력을 추적당할 수 있는 본명을 쓴다? 그런 일은 있을 리 없다는 것이 이 마을의 상식이라고 했다.

"내 진짜 이름이 아니라고 했더니, 자기도 자기 이름을 모르겠으니 편한 대로 부르라고 하잖아요. 그래서 센다이에 살 때 옆집 주정뱅이 아저씨의 이름을 붙여 주고 내 맘대로 지금까지 부르고 있어요."

게이코 씨는 녹차를 우린 머그잔을 들고 다시 뒷마당으로 나갔다. 무라타 씨는 시커멓게 피부가 죽은 이마의 땀을 닦아 내며 차를 마셨다. 그도 젊은 나이는 아니었다. 둘은 스즈키 씨가 죽었다고, 언덕 너머 버려진 공장 기숙사에 살던 절뚝발이가 죽었다고 나지막한 소리로 이야기를 나누었다. 죽은 이와의 추억이 오갔을 수도 있고, 그냥 사는 게 피곤하다는 이야기를 나누는 것도 같았다. 무라타 씨는 머그잔을 비우고 잘라 놓은 땔감을 한 짐 들어다 문 옆에 쌓아 놓고 갔다. 그는 언덕 아래 저수지 쪽 오리 농장에서 주인 없는 오리들과 함께 산다고 했다. 여름의 흔적이 지저분한 얼룩처럼 남아 있는 연푸른 언덕 아래로 녹슨 양철 지붕이 어렴풋이 보였다. 바닷바람과 맞서는 위치에 있는 언덕바지 밑단이었다. 이 오염 지역에서 가장 위험한 지형이었다.

"내가 여기 와서 처음 들은 소식도 부음이었죠."

게이코 씨가 난로의 화구에 무라타 씨가 흘리고 간 잔가지들을 주워다 넣으며 말했다.

"정착하고 한 달쯤 지나서였나. 저 앞 개천에서 빨래를 하고 있는데 웬 여자가 등 뒤에서 대뜸 소 목장 너머 움막에 살던 할아버지가 죽었는데 부조를 좀 해야지 않겠냐고 묻더라고요. 난 흐어억, 하고 죽을 만치 놀랐지. 이 마을에 나 말고도 산 사람이 있으리라는 기대는 전혀 안 했거든요. 이 오염된 땅에 누가 들어와 살겠냐고. 누가 일부러 죽으러 들어가겠냐고 경찰도 통제를 안 하잖아. 난 사나 죽으나 차이가 없는 사람이니

시신이나 남들이 못 찾게 하려는 심산으로 들어온 거고."

"뭘 달라고 하던가요?"

"뭐긴 돈이지. 만 엔이면 괜찮을 거라고 하더라고. 미친……. 내가 만 엔이 어딨어? 그럴 돈 있으면 센다이로 갔지. 그리고, 만 엔을 주면 그게 상갓집으로 가겠어? 그래서 흥! 하고는 빨래를 터는 척하면서 찬물을 튀겼지."

게이코 씨는 무례했다고, 기습 같았다고 했다. 인사도 통성명도 없이 냅다 그런 얘기를 한다는 것이 상식적으로 이해되지 않았다고 했다. 하지만 곰곰 따져 보니 이곳에 예의니, 규칙이니, 상식이니, 격식이니 하는 것들이 있을 수 있나, 하는 의문이 들었다고도 했다.

"파출소도 없고." 게이코 씨는 불이 붙다 만 가지들을 골라내며 한 음절씩 끊어 말했다. "주민 센터도 없고." 시커멓게 그을리기만 한 가지들이 짙은 연기를 피우고 있었다. "봤다시피 우체국도 비었고." 그녀는 연기가 나는 타다 만 부분을 발로 꾹 눌러 비볐다. "절도 사당도 지키는 사람이 없고." 그녀가 고개를 들어 나를 쳐다봤다. "법원이 없으니, 당연히 법도 있을 리 없겠고."

"여기는 병자투성이지만 병원도 의사도 없어요." 게이코 씨는 나뭇가지를 들어 바닥에 찍 기다란 선 하나를 그었다. "이걸 상궤라고 해봐요. 이 금을 따라서 격식이니, 질서니, 예의니, 상식이니 하는 것이 만들어지고 지켜지는 거겠지. 그러면 이 금을 누가 긋고 유지하는 걸까요?"

나는 게이코 씨가 좋아할 만한 대답이 무엇일까 생각했다.

"국가요?"

"그거일 수도 있겠네. 하지만 나도 몰라, 난 내 이름도 모르는 사람이에요. 하지만 지금 내가 이 금을 벗어나서 상궤 너머에서 살고 있다는 것 정도는 알죠." 게이코 씨는 나뭇가지로 선 너머를 쿡 찍었다. "상궤가 있는 곳은 이 금 안쪽이고. 당신이 사는 곳 말이야."

햇빛이나 공기 같은 너무나 당연한 사실이라 지금껏 생각해 본 적도 없는 이야기였다. 집 앞 거리는 쓰레기 하나 없이 깨끗하고, 수도꼭지에서는 소독한 물이 24시간 흘러나오고, 파출소는 내 출근길을 언제나 지켜 주고 있고, 우체국은 직원과 친분을 쌓을 만치 자주 찾는 곳이고, 동네 정형외과 의원에는 물리치료 때문에 1년째 다니고 있다. 이런 것들은 사회를 존속시키기 위해 국가가 제공하는 서비스라고 할 수 있었다. 그런 서비스가 없다면 질서니, 규범이니, 법이니 하는 것들이 무슨 수로 유지될 수 있을까.

나는 국가의 서비스가 그어준 올바른 궤도를 따라 일탈 없는 생활을 이어 나가는 사람이었다. 게이코 씨는 그 궤도가 끊겨 사라진 곳에서 임기응변으로 혼란스럽게 새로운 삶을 이어 나가는 사람이었다.

게이코 씨의 말에 따르면, 그래도 후쿠시마 원전 사고 직후에는 국가의 자구 노력이 좀 있었다고 한다. 귀족 가문들이 부동산을 포기하려 들지 않은 것이다. 그녀는 실은 귀족 가문에 월세를 내고 땅세를 내야 했다. 됴젠산과 북태평양 사이에서 남북으로 길게 만곡을 이루며 이어진, 이곳 비옥한 땅의 많은 부분이 귀족 가문들의 재산이었다. 국가는 귀족들의 부동산을 지켜야 했다. 얼마 지나지 않아 정부는 출입 금지 지역을 반으로 줄이고, 폐쇄됐던 도로들도 일부 열었다. 땅 주인들의 법률대리인들이 방사능측정기를 들고 돌아다니기 시작했다. 그녀는 텔레비전에서 료젠산을 넘는 도로가 열렸다는 뉴스를 본 날 저녁에 캐리어를 꺼내 짐을 쌌다.

게이코 씨가 이 마을로 들어와 쓸 만한 빈집을 찾아내고 짐을 부리고 정착해 살기 시작했을 무렵엔 그래도 그녀 같은 이주민들이 있었다. 부조로 만 엔을 내라던 지히로 씨도 그중 하나였다. 원주민들도 약간 남아 있었다. 아직 거주가 허용되지 않았지만, 누구도 그들이 있는 곳까지 들어와 상황을 파악하지 않았다. 집 주변의 버려진 채소밭들에서 굶어 죽지 않을 만큼 수확물을 거둘 때까지도 공무원은 누구 하나 코빼기도 비치지 않았다.

공포는 씻겨 나가는 듯했다. 방사능에 오염된 표층토는 밤새도록 덤프트럭들에 실려 어디론가 사라졌고, 국가는 방사능 오염수를 태평양에 소변을 보듯 흘려 버렸다. 말쑥한 양복 차림 사내들이 게이코 씨의 마을 경계에 나타나 기웃거렸다. 하지만 북태평양의 사나운 너울은 한 번으로 그치지 않았다. 피난민들이 고향으로 돌아오려고 서류 신청을 하고 이삿짐을 쌀 무렵, 다시금 원전 사고의 쓰나미가 밀어닥쳤다. 제1원전에서 멈췄던 폭발과 멜트다운이 다시 일어나 열흘 가까이 반복됐고, 사고 나흘 만에 방사능 오염이 훨씬 더 광대한 지역으로 번져 나갔다. 설상가상으로 잠들어 있던 제2원전까지 불꽃과 함께 방사능을 뿜어내며 녹아내리기 시작했다. 2023년의 일이었다. 이제 혼슈섬의 등뼈 지역, 북쪽의 소마시 북단부터 남쪽의 이와키시 남단까지 100킬로미터에 이르는 땅이 쓸 수 없게 되어 버렸다. 2차 사고로 전보다 훨씬 더 많은 비극이 생겨났다. 더 많은 울음과 비참과 슬픔이 생겨났고, 더 많은 유령이 배회하는 죽음의 땅이 되었다.

"인간, 이 한없이 못된 것."

게이코 씨가 사는 료젠산 동편 땅은 혼슈 방사능 벨트라 불리기 시작했다. 2차 사고의 원인을 정확히 짚을 수 있는 전문가는 나타나지 않았다. 정부는 오늘도 열심히 원인을 규명하고 있다. 총리가 나와 머리를 조아리며 사과했지만, 원인이 밝혀지지 않았으니 책임질 사람은 없고 문책도 없을 것이었다.

"난 일본이 천벌을 받고 있다고 생각해요."

게이코 씨는 나뭇가지에 모두 불이 붙은 것을 보고 끙 소리를 내며 자리에서 일어섰다.

"우리가 이웃 나라들에 좀 많이 잘못했어요? 나도 학교도 다녔고, 텔레비전 뉴스 정도는 봤다고요, 라디오도 들었고. 우리가 죽인 만큼 우리도 죽는 거라고요."

나는 게이코 씨가 서른 살 무렵부터 줄곧 국가의 돌봄을 받지 못한 채 무국적자나 다름없는 삶을 살았다는 사실을 떠올렸다. 실제로 그녀는 국적이 없는 상태일 수 있었다. 핏줄은 한국인이라지만 피 따위는 그녀에겐 아무 의미도 없었다. 이름을 지웠을 때, 그녀는 자신에 대한 거의 모든 실존적 사실까지 지워 버린 것이나 다름없었다. 그렇다면 그녀는 일본인일까 아닐까, 그녀는 일본의 편일까 아닐까.

2차 원전 사고가 터지자, 몇 년에 걸쳐 조금씩 복구되던 국가의 서비스는 반나절 만에 중단됐다. 외곽 병원의 직원들은 도망갔고, 우체국은 다시 버려졌고, 경찰은 철수했고, 도로들은 다시 통제됐다. 국가는 이 지역에 대해 손을 놓아 버렸다.

"도쿄에 살 적에 남편이 주먹으로 내 턱을 부숴 놨을 때도 경찰은 없었지, 의사도 없었어요. 의료사고로 사람 여럿 병신으로 만들고 도쿄의 그 음침한 동네로 숨어든 도망자 의사가 내 턱뼈를 다시 맞춰 줬어요."

게이코 씨는 남편이 한 짓을 생각하면 지금도 분통이 터진다는 듯 떨리는 목소리로 말했다. 도쿄의 이름 없는 동네에 살 때 남편은 초록색 괴물이었다고 했다. 아니, 피부가 늘 검붉었으니 빨간색 괴물이라고 해야 하나, 하고 중얼거렸다. 남편은 아무리 때려도 그녀가 자기를 떠나지 않으리라 믿었다고 했다. 그래서 턱이 부서지면 다음엔 갈비뼈를 때렸고, 갈비뼈가 부러지면 다음엔 팔을 때렸고, 팔이 부러지면 다음엔 정강이를 걷어찼다고 했다. 그녀의 얼굴에서 처음으로 미소가 남김없이 사라졌다. 목소리도 떨리고 손도 떨리고 어깨도 떨렸다.

"그래도 그 사람이 처음부터 그랬던 건 아니에요. 그 사람은 내 첫사랑이었다고요."

어쩌면 게이코 씨는 료젠산까지 넘어가며 남편으로부터 방사능 벨트로 도망쳐 온 것일 수도 있었다. 피부와 장기를 녹이는 방사능 낙진보다 첫사랑 슈렉의 주먹이 더 무서웠을 수도 있었다.

이제 오후 네 시였다. 창턱의 흰 페인트는 벌써 노을빛으로 물들기 시작했다. 게이코 씨와는 저녁이 오기 전에 인터뷰를 끝내기로 약속했었다. 배터리도 3분의 1쯤만 남아 있었다.

"마을을 돌아보고 싶진 않아요?"

"아, 당연히." 나는 기다리고 있었다. "놓치기 아쉽네요."

게이코 씨가 다가와 화장대 위에 놓여 있던 짐벌 삼각대를 들어 올렸다. 지금까지는 그녀와 마주 보는 관찰자 위치에 있었다. 하지만 이제부터는 그녀의 위치에서, 그녀가 움직이는 대로 그녀의 시선을 따라 보고 들을 것이었다. 이번 작업을 위해 큰 예산을 들여 저궤도 위성 화상통신 단말기를 구매했다.

"무거우면 그만두셔도 됩니다." 내가 마이크에 대고 큰 소리로 말했지만 게이코 씨는 집 밖으로 삼각대를 들고 나갔다.

게이코 씨는 좁은 보폭으로 마당을 가로질렀다. 마당을 나서자 시커멓게 죽어 머리를 떨구고 있는 해바라기들이 보였다. 그녀는 흥미가 있으면 좀 더 구경하라는 뜻으로 멈춰 서서 삼각대를 좌우로 천천히 움직였다. 눈이 번쩍 뜨일 만한 볼거리는 없었다. 나는 그녀에게도 들릴 만큼 크게 한숨을 쉬었다.

"뭘 기대했어요? 꽃자루 하나에 꽃이 서너 개씩 달린 해바라기? 기어다니는 벌레같이 생기고 쥐어 터진 입술같이 생긴 해바라기? 나도 그런 해바라기를 보게 될까 봐 겁이 났었는데 여긴 없어요. 그냥 나처럼 사는 데 지쳐 기운이 다

빠진 시든 해바라기들뿐이죠.”

게이코 씨는 자전거 짐칸에 단말기 삼각대를 묶어 고정하고, 자전거에 올라타 달리기 시작했다. 포장도로라고 부르기도 민망한 위험한 길이었다. 들풀들이 무릎 높이까지 단단하게 스크럼을 짜고 있었고, 치우지 않은 흙더미들이 곳곳을 가로막았다. 콘크리트가 여기저기 깨지고 움푹 파여서 자전거는 지랄같이 덜컹거렸다. 바퀴가 잘못 걸리면 공중으로 날아오를 수도 있었다. 하지만 그녀는 속도를 늦추지 않았다.

“여기가 원래 공장이 있는 도시와 목장을 오가는 트럭들이 다니는 길이었대요. 그래서 길이 꺼지면 시설 공단에서 사람들이 와서 새로 깔아 주곤 했다지요. 그런데 이젠 그런 일을 해 주는 공단은 없어요, 그쪽 말마따나 국가가 없다고요. 이 마을도, 이 도로도, 상궤 너머에 존재하게 된 거죠.” 게이코 씨는 소리를 질렀다. “하지만 상궤 너머에도 사람들이 살지요.”

당연한 말이었다, 바깥세상에 알려지지는 않았지만. 나도 눈으로 확인하기 전까진 이런 버려진 땅에 사람이 살고 있으리라는 생각은 못 했다.

“여긴 일본 안에 있는 일본의 외부야, 하!” 게이코 씨가 흙더미를 넘느라 기합을 넣으며 말했다. “일본이 없는 일본의 내부이기도 하고, 하!”

마을 안쪽으로 들어갈수록 숲이 우거지고 있었다. 사람 키만 한 거대한 거미줄들이 나뭇가지마다 드리워져 있었다. 원시 환경으로 돌아가고 있는 길가 풍경에 정신이 팔려 있는 동안, 게이코 씨는 집에서 꽤 멀리까지 달려왔다.

"지히로 씨 집이에요."

근사한 이층 목조 주택이 화면에 비쳤다. 하지만 가까이 가 보면 역시 벽은 허물어지고 지붕엔 구멍이 나 있을 것이었다. 벽면에는 핏빛이 도는 넝쿨들이 숨 막힐 듯 조밀하게 달라붙어 있었다. 게이코 씨는 자전거에서 내려 단말기 속의 나와 마주 섰다.

"그날 지히로 씨가 점잖게 부조를 핑계로 돈을 달라고 하지 않고, 식칼로 등 뒤에서 내 콩팥이나 뭐 그런 데를 찔렀다고 해 봐요. 목을 그었을 수도 있고."

"하하, 그럴 수도 있나요?"

"그런 일이 없을 거라 생각하나요? 도쿄에서도 종종 있던 일인데?"

게이코 씨가 너무 정색이라 나는 입을 다물었다. 정색하면서도 그녀의 눈꼬리는 웃고 있었다.

"지히로 씨가 난폭하게 굴거나 그랬나요, 만 엔을 받으려고?"

"아뇨. 지히로 씨는 그냥 무뚝뚝하고 설명하는 걸 싫어하는 사람이었어요. 내가 화를 내자 내 곁에 앉아 다정하게 같이 빨래를 짜 주며, 만 엔이 싫으면 천 엔이라도 내놓으라고 조르더라고요."

게이코 씨와 지히로 씨는 비록 집이 4킬로미터나 떨어져 있지만 좋은 이웃 사이가 됐다. 안 될 수가 없었다. 더 가까운 곳에는 사람이 없기 때문이었다. 지히로 씨는 우리가 지나쳤던 큰 도로로 나올 때면 게이코 씨 집을 향해 목청껏 고함을 쳤다고 했다. 너무 멀어서 잘 들리지는 않았지만 아마 야, 이 미친년아! 정도가 아니었을까. 고함이 들리면 게이코 씨도 마당에 나와 그쪽을 향해 있는 힘껏 왜 이년아! 하고 소리를 질렀다고 했다. 고함 지르기가 운동이 된다고 했다.

"그렇게 해서 전화도 되지 않는 이곳에서 이웃끼리 생사 확인을 하는 거죠. 우리는 국가의 서비스가 없는 곳에서 우리 나름의 상궤를 만들고 있어요. 센다이라면 이웃 늙은이들끼리 아침마다 온전히 새날을 맞이했나 전화를 주고받았겠지만. 이게, 부고가 환영 인사인 이 마을에서 우리가 만든 상궤라고요. 이상하게 들리겠지만."

"이상하지 않아요. 지히로 씨를 볼 수 있을까요?"

"아, 지히로 씨는 사라졌어요. 그게 몇 년도였더라? 며칠째 날 부르지 않기에 무서워 부들부들 떨면서 집에 가 봤는데, 그냥 없더라고요. 청소에 설거지까지 깨끗하게 해 놓고는 슬쩍 마을을 뜬 것 같았죠."

"어디로요?"

"몰라요. 산에 들어갔다가 산짐승에 물려 갔을 수도 있겠지만 지히로 씨는 그냥 사라진 거예요. 내 느낌이 그래요. 인사 없이, 소리 소문 없이 사라지는 것도 이 마을의 상궤라고 할 수 있어요. 우리는 그런 일에 익숙해요, 제법 익숙하죠." 게이코 씨는 숨을 골랐다. "어째서 사라졌는지는 알려고들 하지 않아요. 어째서? 왜? 몹시 불쾌한 일이 될 테니까. 근심스러운 일이 될 수도 있고……. 한 사람의 인생이 얼마나 불쾌해질 수 있는지 잘 모를 거예요."

게이코 씨는 지히로 씨가 그렇게 가 버린 게 다행한 일이었다고 했다. 그렇지 않았다면 언젠가 그 집 침실에서 뭔가 끔찍한 걸 봐야만 했을 테니까. 그녀가 평범한 사람이었으면 이런 마을에 들어와 살았겠냐고 혼잣말처럼 물었다.

게이코 씨는 내가 좀 더 많은 것을 볼 수 있도록 천천히 지히로 씨 집을 한 바퀴 돌았다. 무거웠는지 팔을 떨기도 했고, 그럴 때면 다른 손으로 삼각대를 옮겨 잡았다. 그녀의 호의는 고마웠지만 단말기에 비친 풍경은, 관리가 되지 않아 흥해진 흔한 시골집 풍경 이상도 이하도 아니었다.

게이코 씨는 자전거에 올라타 마을 경계로 가는 도로로 방향을 잡았다. 콘크리트가 아닌 아스팔트가 깔린 국도였다. 여기저기 파이고 무너졌지만 그래도 자전거가 달리기에 제법 괜찮은 도로였다. 그녀는 여기서 20킬로미터만 가면 우체국이라고 했다. 도착할 즈음이면 단말기의 배터리도 다 닳아 있을 거라고 했다. 우체국 우편함에 이 단말기를 넣어 두면 내가 내일 찾으러 가기로 했다.

해가 산맥의 봉우리들을 향해 무겁게 가라앉고 있었다. 주변 풍경도 노을빛을 띠기 시작했다. 국도 좌우 양편으로 들판이 펼쳐져 있었다. 원래는 밭이나 논이었음이 분명한 그곳에 키 큰 풀들이 헝클어진 채 무질서하게 번성해 있었다.

그때 단말기가 거칠게 흔들리기 시작했다. 숨이 끊어질 듯 기침하는 소리가 들려왔다. 자전거가 넘어지고 단말기는 땅에 떨어졌다. 게이코 씨의 기침 소리는 몇 분이나 계속됐다.

나는 무슨 일인지 다급하게 물었고, 그녀는 떠듬떠듬 갈라진 목소리로 기침이 난 것뿐이라고 했다.

"제가 좀 보게 해 주세요."

화면 안에서 게이코 씨가 잿빛 하늘을 배경으로 소맷자락으로 입가를 닦고 있었다. 주름진 눈가에는 눈물이 맺혔고 눈은 혈관이 터졌는지 새빨개져 있었다. 그리고 입가와 야윈 뺨 주위에는 채 닦지 못한 핏자국들이 칼자국처럼 그어져 있었다. 앞니는 시뻘겋게 번들거렸고 소매는 피로 얼룩져 있었다. 미소는 없었다.

"자주 그러세요?"

게이코 씨는 고개를 저었지만 믿을 수 없었다. 방사능이 폐를 녹이고 있다면 어렵겠지만, 천식이나 환절기에 노인들이 걸리는 폐렴이라면 치료가 가능할 것이다.

"병원엔 가 보셨어요?"

"여긴 병원도 의사도 없다니까요."

"제가 앰뷸런스를 불러 드릴 수 있어요. 일단 우체국까지만 가 주세요."

"우체국은 가죠." 게이코 씨가 탁하고 단호한 목소리로 답했다. "하지만 앰뷸런스는 안 돼요. 난 병원 가기 싫어."

"왜요, 왜요?"

"병원에 가면 내가 누구인지 물어보고 캐내려 할 거잖아! 난 싫어요, 싫은 거 시키면 이 요상한 기계, 여기에 확 버리고 집에 가 버릴 거야."

게이코 씨와 나 사이에 잠시 침묵이 흘렀다. 이곳에 살며 그녀는 흔들리는 치아도 전부 자기 손으로 뽑았다고 했다. 치아가 흔들리는 것도 방사능의 독 때문일 수 있었다. 그녀가 원하는 대로 하는 것이 내가 할 수 있는 최선이었다. 그녀는 다시 자전거를 몰기 시작했고, 조금 느려지긴 했지만 한 번도 멈추지 않고 달렸다.

우체국 건물은 중심가 끝에 있었다. 작은 마을의 중심가를 벗어나는 경계에 있는 파란색 칠을 한 건물이었다. 나는 차를 타고 우체국까지 오는 것만으로도 큰 용기가 필요했다. 중심가로는 한 발짝도 들여놓지 못했다. 게이코 씨의 자전거는 한결 느긋한 속도로 그 직선 도로를 지나쳤다. 한때 농부와 농장 인부들이 한가하게 장을 보고 술잔을 기울였을 중심가에는 쓰레기와 동물의 마른 가죽들만이 뒹굴고 있었다. 성한 건물도 성한 문짝도 없었다.

우체국은 을씨년스러운 버스 정류장 말고는 주변에 눈에 띄는 인공물이 없는 외톨이 건물이었다. 둔덕처럼 솟은 국도 좌우로는 버려진 벌판이 넓게 펼쳐져 있었다. 잿빛과 누런빛이 뒤엉킨 풀숲 사이사이 검은 흙무더기들이 그림자처럼 언뜻거렸다. 그러다 국도 저편에서 갑자기, 시커멓고 커다란 그림자 하나가 불쑥 솟아올랐다. 나는 정신이 번쩍 들 만큼 깜짝 놀랐다.

"소예요."

게이코 씨가 말했다.

"소요?"

근처에 소 목장이 있었는데 사고가 한 번 더 크게 나자 목장 주인마저 마을을 떠나 버렸다고 했다. 게이코 씨는 단말기를 높이 들어 올려 파노라마 영상처럼 사방 들판을 쭉 비춰 주었다. 그러고 보니 풀숲 사이에서 흙무더기인 줄 알았던 시커먼 것들이 아주 조금씩 움직거리고 있었다.

"여기가 목장이었어요?"

"아뇨, 목장은 마을 안쪽이었는데 돌봐 주던 사람들이 사라지니까 뜯어 먹을 풀을 찾아 여기까지 내려온 거죠. 아, 여기가 소들이 직접 터를 고른 새 목장 맞아요."

위성통신 단말기로는 소똥 냄새를 맡을 수 없다. 그래서 알아차리지 못한 것이었다. 그러고 보니 며칠 전에 왔을 때 역한 거름 냄새를 맡은 듯도 했다. 그날은 빨리 이 지역을 벗어나야 한다는 일념에 주변을 살펴볼 여유가 없었다.

그사이 도로로 올라온 검은 소가 다가왔다. 게이코 씨는 도망가는 대신 가만히 있다가 소가 가까이 오자 손을 뻗어 목덜미를 긁어 줬다.

"털이 정말 새까맣네요. 무슨 소인가요?"

"무슨 소긴, 검은 소지." 게이코 씨가 함박 미소를 지었다. 야생화가 많이 됐는데 개중에 사람 손을 타 봤던 기억을 좋게 간직한 소들이 있어 이렇게 다가와 인사를 한다고 했다. 여기가 외부 차량이 들어올 수 있는 경계 지역이라, 이따금 도시의 음식물 쓰레기나 버려지는 농산물을 실은 트럭들이 온다고 했다. 그러곤 벌판에 쓱 부려 놓고 가 버린다고 했다.

"소를 이렇게 가까이서 보기는 또 처음이네요."

나는 감탄했지만 실은 전혀 가까운 거리가 아니었다. 나는 후쿠시마 시내 호텔에 있었다. 또렷하게 보이지는 않았지만 소의 검은 눈동자가 찬찬히 나를 훑어보고 있다는 강한 느낌이 들었다.

우리는 우체국 출입구 앞에 섰다. 문이 날아가 없으니 그냥 휑하니 뚫린 사각형 구멍이었다. 게이코 씨는 마지막이라면서, 단말기로 다시 한번 주변을 훑어 주었다. 이번엔 검은 소들밖엔 보이지 않았다. 그것들이 저녁을 끌어당기듯이 고개를 낮게 숙이고, 황혼 가운데서 천천히 걸음을 옮기고 있었다. 도로에 올라왔던 소는 약간 떨어진 자리에 쭈그리고 앉아 있다가 부르르 떨며 막 몸을 일으키고 있었다.

"저 소들은 혼란에 빠져 있어요. 아무 데서나 아무 때나 새끼를 낳아요. 제대로 돌보지 못해 죽기도 많이 하고. 자궁이 빠져서 질질 끌고 다니다 병들어 죽고. 소들한테도 의사가 없죠."

우체국을 넘어 10킬로미터 정도 똑바로 가기만 하면 오염 지역을 탈출할 수 있는데, 검은 소들은 그저 경계인 벌판에 머무르며 풀을 뜯고 음매음매 소리 내 울 뿐이었다. 자기들 앞에 넘지 못할 선이 그어져 있다는 듯이. 물론 선 너머의 사람들은, 방사능으로 오염되었을 게 뻔한 소들을 떠안을 생각이 없을 것이다.

검은 소들의 느릿느릿한 움직임을 따라 잔상처럼 검은 흔적들이 나타났다 사라졌다. 흔적들은 잔물결처럼 소들의 윤곽을 이루며 짧게 일렁이다가, 소가 걸음을 멈추면 사라졌고 걸음을 옮기면 다시 나타났다. 마치 영혼의 잔상처럼, 생명의 이면처럼, 혹은 살아 있는 유령처럼. 해가 지는 시간이라 광량이 적어 단말기의 카메라 센서가 움직임을 제대로 잡지 못한 탓일 수도 있었다.

"여긴 가로등이 없어요, 아니 있는데 전기가 없지. 아직 해가 남았을 때 돌아가야 해."

이게 게이코 씨가 내게 한 작별 인사였다. 그녀는 우체국에 들어가 빈 우편함에 위성 화상통신 단말기를 넣고 전원을 껐다.

나는 술집에 앉아 맥주와 튀김으로 저녁 끼니를 때우며 방사능 벨트 다큐멘터리의 내레이션 원고를 다듬었다. 천장 귀퉁이 텔레비전에서는 오타니 쇼헤이가 출전하는 야구 중계방송이 나오고 있었다. 그가 2루타를 쳤다. 나는 게이코 씨의 피에 젖은 앞니가 자꾸 생각났다. 그녀가 가진 치아는 거의 앞니 두 개뿐이었다. 이 프로젝트를 기획했을 때 내 아이디어는 "모두의 기준을 뛰어넘는 압도적인 악을 얘기해 보자."였다. 시작은 그랬는데 결과는 너무 지엽적인 데 머무른 것 같기도 하다. 하지만 앞으로도 인류는, 자기 자신에게 치명적인 잘못을 저지를 기회가 많을 것이다.

마지막 숨

황모과

2011년 이후였다.
인간이 이곳 목장과 목장 인근에서
모습을 감춘 뒤 목장은 소들에게 죽음이 없는 곳,
'낙원'이 되었다.

인간은 이제 아무도
우리를 도살하러 오지 않는다.

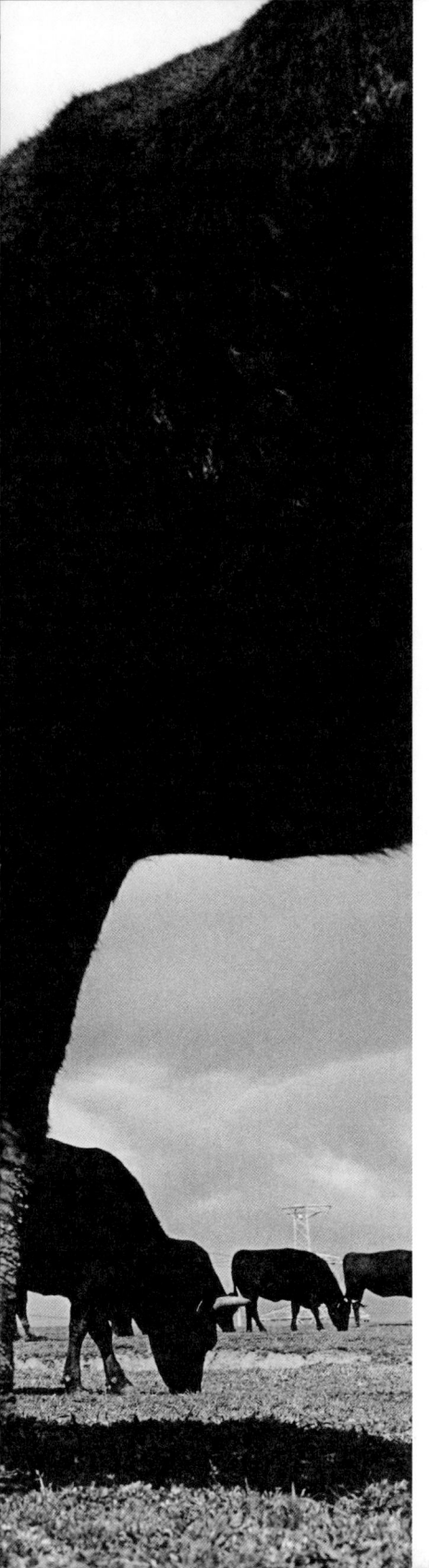

우리는 덩그러니 남았다.
누군가를 배웅하는
일만이 우리의
역할인 것처럼.

성장하려던
어린 자들은
자기 몫의 생을
놓치고 죽어 갔다.

목장은 무책임하게
버려졌다.
이 주변의 일들이
다 그러하듯이.

도대체 다가오지
않는 죽음의 의미를
반추하면서도 우리는
살고자 했다.

우리가 죽은 뒤에도 살아남아
재건과 부흥을 증명해 줘야
할 단단한 뿌리들이 썩어
가고 있다.

복원되지도 재건되지도 않는
땅 위로 뿌리가 올라와
몸을 누였다.

주변에 쌓여 있던
검은 흙은 다른 곳으로
이전되었다.
흙이 이동한 곳의
넝쿨과 뿌리는
괜찮을까.
그곳의 안부가
궁금해졌다.

땅의 거름이 되어
새로운 생명을 빚어내는
일이야말로 버림받은
육신으로 땅에
기여할 수 있는 일,
목숨 붙은 자들이 누릴
마지막 축복일지 모른다.

1

 마고 장로님의 길었던 생이 저물어 가고 있다. 우리는 아침마다 장로님이 누운 토굴에 들러 문안 인사를 드렸다. 장로님이 식음을 전폐하신 지 꽤 되었다. 곧 세상을 떠나실 거란 예감이 모두를 감쌌지만 우리는 짐짓 즐거운 목소리로 장로님에게 잡다한 이야기를 건넸고 그런 뒤 장로님이 마지막 숨을 가다듬고 있는 토굴을 빠져나왔다.
 "오늘 돌아가셔도 호상이지."
 "그럼, 육우肉牛도 유우乳牛(젖소)도 팔백 해를 살아 낸 소는 없었어. 이미 전설이시지. 800세를 살았던 전설 속 비구니†처럼 오래 기억되실 거야."
 목장의 다른 어르신들이 마고 장로님의 죽음을 이미 일어난 일처럼 받아들이는 말이 내 속을 긁었다. 장로님이 죽음을

---

† 일본 전설 중에 인어 고기를 먹고 불로장수했다는 비구니, 야오비쿠니 이야기가 있다. 800세까지 살았으나 10대 후반의 모습이었던 이 비구니는 동굴에 들어가 먹는 일을 금하고 스스로 죽음에 이르렀다고 전해진다.

감행하기로 결심한 일은 다들 애써 외면하고 있었다. 나는 그만 발끈하고 말았다.

"그런 말씀들 하지 마십시오! 마고 장로님은 스스로 죽음을 선택하신 거 아닙니까!"

못났다는 타박과 함께 혀를 차는 소리가 크게 들렸다. 잔뜩 잔소리를 쏟아 내려는 어르신들을 외면하고 나는 들판으로 달려 나갔다.

곧 죽을 거라며, 죽을 수 있다며 안심하는 일이, 죽음이 우리에게 축복이라는 말이 고약하고 모진 소리로 들렸다. 우리 목장은 꽤 오랫동안 '자연적' 죽음을 기다려 왔다. 목장의 소들은 가장 연장자인 마고 장로님이 돌아가실 순간을 운명처럼 조용히 기다리고 있었다. 죽음을 고대하다니, 참 잔인한 말이었다. 목숨 붙은 땅의 존재들에게 죽음은 순리라고 하나 누군가의 소멸을 바라는 일은 부자연스럽기만 하다. 800년이나 장수하는 우리는 축복받은 생명인가, 아니면 800년이 흘러도 죽지 못해 저주받은 생명인가.

목장 들판 건너에 해가 저물어 가고 있었다. 대로를 천천히 흐르는 헤드라이트의 불빛을 바라보고 있자 등 뒤로 와와 누님이 다가왔다.

"규규, 네가 이해하렴. 맨날 너무 오래 살았다, 하시는 게 어르신들 말버릇이잖아. 우리가 죽는 날 본래의 생태계가 회복되는 거라고 믿으시잖니. 우리가 이해해야지. 이곳이 몽환적 전설로 남는 걸 원치 않으시는 거야. 그게 진정한 복원이라고 생각하시니까."

와와 누님까지 마고 장로님의 죽음을 고대하는 것처럼 들려 속상했다. 나는 누님에게 가시 돋친 말을 쏟았다.

"누님, 우리가 아무리 죽지 못해 사는 자들이라고는 하나 다른 이가 생을 마치려는 일을 즐겁게 고대할 필요는 없잖습니까? 어르신들의 얼굴은 기뻐 보이기까지 합니다. 저는 마고 장로님을 이런 식으로 떠나보내고 싶지 않아요."

와와 누님은 나와 조금 거리를 두고는 곁에 앉았다. 누님의 눈 속에 대로에 흐르는 헤드라이트 불빛이 한껏 담겼다. 눈동자에 여러 색감의 빛이 떠올랐다 떠나갔다.

"그래, 네 말이 다 맞다."

누님은 나를 늘 어린애로 취급하곤 하지만 누님도 동의할 만한 의견을 말할 때면 순순히 긍정해 준다. 나는 이제 760세, 와와 누님은 나보다 서른 살 위인 790세지만 우리는 줄곧 형제처럼 지내 왔다. 격의 없이 대하다 가끔 뿔을 내미는 일도 있지만. 누님의 다정한 말을 들으면 뾰족하던 마음도 금세 뭉툭해져 매번 깊은 속내까지 털어놓곤 했다.

"미안해요, 누님. 나는 마고 장로님을 전설을 거부한 영웅이 아니라 그냥 내 가족으로 기억하고 싶어요."

옛날 같았으면 고작 세 살을 맞는 육우도 기록적인 고령이었다고 한다. 우리 목장에 인간이 살았던 시절을 기준으로 하면 수명 100년은커녕 3년을 넘기는 건 불가능하다고 했다.

누님은 차기 장로 후보답게 마을의 사정을 상세히 알고 있었고 내게도 자주 옛이야기를 들려주었다. 들을수록 비현실적인 이야기였다. 마고 장로님이 막 태어났던 시절이니 800년 전이었다. 먼 옛날 이곳 목장에 살았던 육우는 고작 한 살을 갓 넘기면 도살되었다. 유우도 일곱 살 정도면 효용이 다 되었다고 판단해 도살되었다.

갓 난 송아지들이 그리 일찍 죽어 갔다니. 너무 비현실적인 얘기라 처음에 나는 그걸 동화나 소설이라고 생각했다. 우리 목장의 가장 연장자인 마고 장로님은 800세를 바라보고 있다. 단식만 하지 않으셨다면 1,000년도 넘게 살아남을 거라고 다들 말했다. 고작 760년 남짓 살아온 나로선 언제 마지막 숨이 나를 찾아올지 아득했지만 그래도 자연스럽게 생의 끝까지 살아 내고 싶었다. 장로님이 원했던, 모두가 도착하고자 했던 제대로 된 마지막에 이르고 싶었다. 억지스럽지 않은 방법으로 자연의 섭리라는 생태계 안으로 돌아가고 싶었다. 누님은 내 말도 다 이해한다고 고개를 끄덕였다.

"그래. 알아. 우리는 불로불사니까. 인간들이 보기에 우리 목장은 불가사의해. 심지어 어떤 인간들은 우리를 이용해 이곳을 관광지 삼으려고 해. 마고 장로님은 우리의 이야기가 인간들 사이에서 전설과 신화로 활용되는 일을 막으려고 하시는 거야. 인간을 위해 동원되기를 거부하시면서 금식을 시작하신 거잖니. 마고 장로님의 뜻을 이해한다면 우리도 그 뜻을 제대로 품고 이어 가야 하지 않겠니?"

우리의 현실을 전설과 신화라고 부르는 인간들이 있다니, 콧바람이 비어져 나왔다. 송아지 때 바깥세상을 한 번 보고 난 뒤로 나는 현실을 알았다. 이 목장은 전설을 잇는 공간이라고 불리면 안 되었다.

　2011년 이후였다. 인간이 이곳 목장과 목장 인근에서 모습을 감춘 뒤 목장은 소들에게 죽음이 없는 곳, '낙원'이 되었다. 인간은 이제 아무도 우리를 도살하러 오지 않는다. 송아지는 장수하고 소들은 영생한다.

　요즘도 가끔 우리를 찾아오는 인간이 있지만 그들은 우리를 신으로 여기고 기도하러 온다. 760년을 살며 여러 인간을 보았다. 한 인간이 여러 차례 찾아온 것도 보았다. 인간들은 수명이 짧아 금세 늙어 버린다. 그 옛날 목장을 찾아온 인간들은 우리를 죽이러 왔다지만 우리가 직접 보아 온 인간들은 도살자와는 달리 대체로 심성이 약한 자들이었다.

　약한 인간들이 목장에 들러 손을 모아 기도를 올리고 돌아가면 우리에겐 깨끗한 짚단과 곡물이 지붕 아래 여기저기에 가득 쌓였다. 자동 급식기에 배합사료가 채워지기도 했다. 간혹 큰비 따위에 먹이가 썩는 일도 있었고, 차가운 계절이 길어져 들판의 초목마저 오래 시들면 배곯는 일도 많았지만, 기도하는 인간들이 다녀가면 여러모로 한숨을 돌릴 수 있었다. 도살자가 사라진 곳에서 순례자를 기다리는 곳으로 목장의 역사가 바뀐 것이다. 인간을 기다리는 게 우리에겐 최선이었다. 이곳에 사는 우리는 자유롭지만 완전히 자유롭진 않고 영생하지만 영원히 행복하진 않다. 장생불사가 축복만은 아니다. 죽음이 없는 곳이라지만 이곳을 '낙원'이라고 부르는 건 상당히 껄끄럽다.

　우리에게 아예 죽음이 없는 건 아니었다. 사고도 자연스러운 죽음 중 하나였다.

유난히 길었던 어느 겨울, 순례자들이 찾아오지 않는 시절이었다. 인간의 차량이 달리는 큰길가로 먹을 것을 찾으러 나갔던 목장의 한 어르신은 교통사고를 당해 사망했다. 그보다 더 멀리 나갔던 또 다른 어르신은 조용히 사살당했다. 여럿이 함께 목장을 빠져나갔던 서너 마리 무리는 죽지는 않았지만 커다란 차량이 겁주듯 울리는 시끄러운 경적을 들으며 목장으로 되돌아와야 했다. 목장을 찾는 인간은 순례자였지만 목장을 찾지 않는 인간들은 우리를 불편하게 여겼다. 불로불사는 목장 안에서만 허락된 셈이었다.

순례자가 아닌 인간들은 생각보다 멀지 않은 곳에 살고 있었다. 그들이 다 도살자는 아니었지만 그렇다고 옛날처럼 인간들이 목장을 돌보거나 우리 목장에서 고기와 우유를 얻는 것도 아니었다. 어쩌면 바깥 인간들도 잠자코 기다리고 있는지 몰랐다. 목장의 모든 소가 소멸하는 순간을 말이다. 그런데 그런 인간들도 회복과 순리를 원한 거였을까?

"누님, 우리는 어쩌다 이런 존재가 되었을까요?"

나는 일찍부터 기록적인 장수가 딱히 자랑스러운 일이 아니라고 생각했다. 죽지 못해서 불사로 보일 뿐이라고 의심했다.

"강아지가 스무 살인 인간을 처음 만났다고 생각해 봐. 20년쯤 흐른다면 자신이 죽어 가는 순간에도 개의 눈에 인간은 불로불사로 보일 거야. 인간의 시간은 개의 시간보다 조금 느리게 흐르니까. 우리 목장은 인간 세상에 비해 시간이 느리게 흐르고 있을 뿐이야. 상대적인 거지. 80년을 사는 인간들은 우리를 보며 어떻게 줄곧 변하지 않는 모습으로 살아가는지 신기해하지. 어떻게 800년이나 사는지 신비해 보일 테니. 그렇게 생각하면 인간들도 강아지들처럼 귀엽지 않니?"

누님의 표현에 의하면 종에 따라 시간 흐름이 다른 것은 이미 섭리다. 하지만 그 말이 나는 좀 못마땅했다. 우리는 생명의 흥망성쇠를 거슬렀기 때문이다. 다른 곳의 소들은 영생하지 않는다고 한다. 축복이든 저주든 이 모든 일이 이 목장에서만 일어났다는 것도 너무 우연적이고 지나치게 작위적이었다.

그래도 나는 목장을 찾아오는 마음 약한 순례자들을 사랑했다. 순례자들은 우리에게 음식과 물을 마련해 주고 목장 곳곳을 청소했다. 오갈 때마다 털을 쓰다듬거나 피부에 문제가 없는지 봐 주고 약을 발라 주거나 기도를 올렸다. 늙은 인간이 다른 어린 인간을 데리고 오고 어린 인간이 다시 늙어 가면서 또 다른 어린 인간을 데리고 오는 것도 지켜보았다. 우리는 한 시대를 살아갈 뿐이지만 인간은 대대로 살아가고 있었다. 우리에 관한 이야기도 대대로 전해지고 있는 걸로 보였다.

어릴 때 나는 우리와 목장을 향해 고개를 숙인 순례자들이 무얼 기도하는 걸까 늘 궁금했다. 인간들의 기도를 멋대로 상상하기도 했다.

'신령하신 소들이시여, 이미 살아 있는 전설이신 목장의 소들이시여, 가여운 인간들을 지켜 주시고 보살펴 주소서.'

인간들이 우리를 위해 기도하는 것 같지는 않았다. 우리를 신성하게 여기면서 신성한 존재가 자신들을 보살펴 주기를 기원하는 거겠지. 그래도 인간들이 우리의 특별함을 알고 있고 다른 이들에게 전한다는 것은 나쁘지 않은 거겠지.

이 상상을 말했을 때 와와 누님은 먼 나라의 이야기도 들려주었다.

"맞아, 어떤 나라에서는 소를 신으로 모신대. 일찍 죽었던 소들도 그 나라에선 신이었지. 그러니 인간들에게 우리 목장의 소들이 얼마나 특별하고 위대해 보이겠니?"

다른 곳에서도 소를 신으로 모신 인간이 있다니, 재밌는 말이었다.

인간들의 종교란 뭘까. 인간은 쉽게 추앙하기도 하고 또 쉽게 추앙받기도 하는 모양이다. 우리를 추앙하는 인간들이 있다. 자신의 목장도 아니면서 이곳에서 목자 노릇을 자처하는 인간들이 그렇다. 그런 인간이 있는 반면, 이 목장을 둘러싼 세계를 만든 인간, 정확히 말해 우리 목장과 이 마을을 생태계의 순리 밖으로 밀어낸 인간들도 있었다. 그런데 내가 알기론 그중 누구도 책임지지 않고 생을 이어 갔다. 아마 우리가 모르는 곳에서 잘 살다 평온히 죽음을 맞았을 터다. 그런 인간들도 보호받고 사랑받았으니 이를 추앙받으며 살았다고 표현해도 틀린 말이 아닐 거다. 그리 생각하니 추앙은 인간 세계에서 양면성을 갖는 모양이다.

우리가 800년을 넘게 살았다는 사실은 마치 고대부터 내려온 전설인 것처럼 인간 사회에 회자되었다. 그 후로 이곳은 고통을 가진 인간들이 찾아와 위로를 구하는 안식처가 되었다.

인간들이 자신들의 행복과 풍요를 기원할 만한 영험한 곳이 되었다.

순례자들이 찾아오면서 목장의 소들도 점차 이곳을 신화 속 공간으로, 우리 자신을 불로불사하는 거룩한 존재로 여기게 되었다. 이곳은 죽음이 사라진 공간, 도살은 없다. 어쩌면 죽음조차 없는 곳이다. 천국이나 무릉도원일지도. 이곳이 특별하고 신성하다는 인간들의 호명을 통해 목장의 모두는 약간 활기를 얻었다. 인간이 그저 자신들을 위해 기도하는 것이어도 찾아와 주는 것이 좋았다.

그리고 마고 장로님은 인간의 이 기만적인 전설을 끝내려 했다.

2

"장로님, 마고 장로님."

나직이 이름을 부르자 마고 장로님이 가늘게 눈을 떴다. 평생 이름 없이 살았던 장로님이지만 '마고'라고 부르자 자신의 이름임을 기쁘게 떠올린 것 같았다. 장로님은 자신에게 이름이 생기는 일을 오래도록 거부했었다. 장로님이 태어났던 때 목장의 소들에겐 이름이 없었다고 한다. 도살자들이었던 당시 인간은 목장의 소들에게 이름을 붙이는 일을 철저히 금지하고 꺼렸다. 그리고 인간들이 모조리 목장을 떠난 이후 우리는 서로에게 이름을 지어 불렀다. 장로님은 이름이 없는 상태를 원해 왔다. 그게 자신의 원래 모습인 것처럼. 송아지로 죽어 갔던 일을 그리워하기라도 하는 것처럼.

마고 장로님이 돌아가시면 지금 그가 누워 있는 토굴은 그대로 폐쇄될 것이다. 장로님의 육신이 썩어 가면 목장 전체에 심한 시취를 풍길 것이다. 교통사고와 사살로 버려진 어르신들의 시취를 맡은 적이 있다. 죽음의 낌새가 얼마나 강렬한지 우리는 이미 경험했었다.

요즘 들어 나는 사고로 죽은 장로들과 마고 장로님의 죽음이 뭐가 다른지 더 자주 생각했다. 마고 장로님이 내겐 가족처럼 더 각별하긴 하지만 개인적 관계성과는 무관할 것이다. 치워지지 않는 죽음의 냄새가 우리 목장에 제멋대로 떠다니면 모두에게 유독하고 불운한 기운을 퍼트렸다. 자연스럽든 그렇지 않든 모든 죽음은 그 자체로 살아남은 자들에게 강렬한 의식儀式이 되었다.

우리도 죽을 수 있는 존재라는 생각을 떠올리다 보면 우리가 과연 신격화되어 마땅한 존재일까 의심스러웠다. 우리는 지금도 허름한 축사에 살고 있다. 자동 급식기를 통해 배합사료를 먹고 있다. 인간의 손길이 닿지 않는 야생적인 환경에 태어났다지만 결코 야생적인 존재는 아니다. 우리는 무엇을 위해 생을 얻었을까. 어떤 일을 해야 소의 존재 가치를 드러낼 수 있을까.

사실 우리에겐 사고와 사살 외에도 죽음이 있었다. 그런데 그중에서도 어떤 죽음은 언급되지 않았다. 비밀스러운 죽음, 언급되지 않는 죽음, 외면받고 있는 죽음이었다. 목장 송아지들의 죽음이었다. 살아남은 자들은 700세를 넘기며 장수했지만 어떤 소들은 한 살을 넘기지 못하고 죽었다. 얼마 전 우리를 떠난 칸칸의 죽음이 그랬다. 우리 목장에는 완전히 금기시된 죽음이었다.

가뭄이 심했던 지난해, 한동안 먹을 게 없었던 추운 날이 이어졌고 대량의 배합사료가 반입되었다. 모두 안심했다. 드디어 먹을 수 있게 됐다. 무엇이 도착했대도 먹을 수밖에 없었다. 그게 저 바다에서 올라온 썩은 고기라고 해도, 설령 유전자가 변형된 기형 인어 고기라 해도 말이다.

나는 배합사료의 맛이 심하게 역하다는 걸 알면서도 허기를 달랬다. 썩은 어패류로 만든 걸까? 입안에 남은 냄새가 고약해 평소처럼 반추하기도 힘들었지만 전보다 더 메스꺼운

건 확실했다. 판매도 처분도 수출도 어려운 어패류가 이 나라와 주변국에 끊이지 않고 유통되고 있다는 소문을 들은 적이 있었다. 이전의 악몽까지 한꺼번에 떠오르는 맛이었다. 우리가 인어 고기를 먹고 살아남았다는 진실의 맛. 그게 우리를 700년, 800년을 살게 한 장수의 비결이었다.

어린 송아지들은 가리지 않고 먹었다. 배합사료를 왕성하게 먹었다. 칸칸은 그중에서도 독보적인 먹보였다. 다른 이들이 아무래도 이상하다며 꺼리는 먹이까지 알뜰하게 먹어 치웠다. 다른 건 몰라도 이건 먹지 않는 게 좋겠다고 모두가 꺼림직하게 경고했지만 그조차 칸칸의 귀엔 경 읽는 소리였다. 그는 본능적으로 허기졌다. 성장하기 위한 본능이었다.

귀동냥으로 들었던 말이 있다. 원래 인간의 사료 공장에선 초식동물인 소뿐 아니라 잡식동물용 사료도 함께 가공해 왔다. 사료 원료에 인간의 잔반 등이 섞이면서 각종 오폐물과 동물성 성분까지 포함된다. 이를테면 다른 소의 뼛조각과 뼛가루까지 듬뿍 들어간다. 담배꽁초 정도는 삼킬 수도 있었다. 하지만 소고기 햄버거 패티와 분쇄된 사골이 들어갔다면? 다른 쓰레기들이 잔뜩 있는데 소의 살점만 골라내 사료로 만들진 않았을 거였다. 우리는 동료의 살코기와 사체를 먹게 되는 것이다. 죽은 동료와 그 부산물에서 나온 단백질을 섭취하는 게 우리 같은 초식동물에게 어떤 영향을 끼치는지 인간들에겐 그다지 중요하지 않을 거였다. 어차피 우리 목장은 죽지 않는 소들이 모인 곳이니까.

다들 허기만 달랬던 역한 배합사료를 칸칸은 배불리 먹었고 한 살을 채 채우지 못하고 죽어 갔다.

칸칸이 마지막 숨을 맞으러 축사 안에 들어간 뒤, 아니 억지로 끌려간 뒤 축사 안에서 큰 소리가 났다. 칸칸이 미친 듯 소리를 내지르며 벽을 향해 몸을 던지며 발광했다. 어르신들은 그가 미쳐 간다고 했다. 이유도 모른 채 광우가 되었다고 했다. 얼마 후 칸칸의 축사가 잠잠해진 뒤 곧 지독한 냄새가 풍겨 왔다. 칸칸이 아프게 떠났다는 것을 똑똑히 알 수 있는 강렬한 낌새였다.

나는 칸칸이 죽은 이유가 정말 궁금했다. 모두가 추리한 것처럼 정말로 배합사료에 섞인 성분이 문제인지, 다른 소의 살점이 문제인지, 부패한 어류 혹은 인어 고기가 문제인지. 지금 태어나는 어린 소는 목장의 환경에 취약한 건지, 아니면 그 애가 이전의 우리의 수명, 원래의 삶을 재현한 건지, 우리의 무지가 그 애를 죽게 한 건지 도무지 알 수 없었다. 아니면, 우리는 아이들의 수명을 갉아먹고 연명하는 건 아닐까, 나는 두려워서라도 알고 싶었다. 칸칸이 죽은 이유를 제대로 알고 싶었다. 그래야 칸칸을 제대로 추모할 수 있을 거였다.

이유를 정확히 알 수 없자 근거 없는 추리 속에 무책임한 말들도 끼어들었다.

"이게 다 인어 고기 때문이야."

나는 그 말에 반발했다.

"우리는 모두 인어 고기를 먹었어요. 근데 왜 우리는 살고 칸칸은 죽은 거죠?"

"식탐이 너무 심했어. 탐욕이 그 애를 죽게 했다."

한 어른의 말에 나는 항의했다.

"무슨 말씀을 하시는 겁니까? 탐욕이라니요! 그 아이는 그저 먹는 걸 좋아하는 애였다고요. 성장하려는 거였어요. 살아남고 싶었던 것뿐이라고요!"

항의하는 내 앞에 누님이 천천히 다가왔다.

음식이 버려지는 게 아쉬워 어린 생명이 자기 몸을 세상의 쓰레기통 삼은 일을 어찌 욕심이라 부른단 말인가. 800년 아니 1,000년을 산다는 우리인데 칸칸 몫의 삶을 뺏은 자는 누구인가. 칸칸이 이전의 섭리를 재현하며 짧은 생을 마친 거라면 이곳은 왜 복구되었다고 말하지 못하는 건가……

탐욕은 애초에 우리에게 있지 않다. 우리를 둘러싼 이 목장과 목장 주변에 있다. 아무리 노려봐도 인간이 만든 흐름이 전혀 감지되지 않는 저 전선들 속에 있다. 전선을 통해 흐르는 고도의 기술 속에 있다. 갇힌 우리에게는 욕심이랄 게 있을 수가 없다.

나는 영생을 저주라고, 이곳을 지옥이라고 부르기로 했다. 죽음이 사라진 게 아니다. 인간에 의해 집행되었던 도살이 지금은 조금 다르게 거행되고 있을 뿐이다. 시간을 두고 더욱 고통스럽게.

얼마 후 마고 장로님이 세상을 떠났다. 장로님이 감행한 죽음은 목장에 대단히 기이한 기류를 만들었다. 팔백 해 가까이 살아온 자 중에 불로불사임을 거부하며 스스로 죽음을 선택한 첫 번째 생명이었다. 부자연스러운 죽음이었다. 그동안

800년을 살아 낸 소는 없었다. 스스로 생을 마감한 소도 없었다. 장로님의 죽음을 인간들은 전설의 완성으로 여길까, 아니면 전설의 궤멸로 여길까. 800세를 살아남았다는 인간 비구니도 마지막엔 스스로 열반에 들었다고 한다.

마고 장로님은 자신의 죽음을 통해 전설을 끝내려 했다. 순례자들이 칸칸의 죽음을 이해하길 원했다. 칸칸과 같은 송아지들이 무얼 먹고 죽은 것인지 알리고자 했다.

마고 장로님의 장례는 조용히, 그리고 오래 치러졌다. 우리의 남은 삶이 모두 장례식이 되도록 이어질 것 같았다.

장로님이 떠난 후 여기저기서 토굴을 파고 금식을 시작하는 자들이 늘어 갔다. 토굴로 들어가는 자들은 남은 자에게 마지막 인사를 건넸다. 연로한 소들은 배합사료를 먹는다고 당장 죽진 않았지만 송아지들이 죽어 가는 걸 알려야 했다. 목장의 모두가 불사한다고 알려져선 안 되었다.

어르신들의 한숨 섞인 말버릇이 자주 들려왔다.

"우린 너무 오래 살았어."

마고 장로님의 장례를 기점으로 어르신들은 이제 완벽한 소멸을 도모하기로 했다. 자연의 완전한 섭리 속으로 들어가기 위함이다. 땅의 거름이 되어 새로운 생명을 빚어내는 일이야말로 버림받은 육신으로 땅에 기여할 수 있는 일, 목숨 붙은 자들이 누릴 마지막 축복일지 모른다. 사방에서 풍겨 오는 시취가 점점 더 지독해졌다. 영원한 고독을 선포하는 강렬한 낌새 속에서 나는 인간이 목장에 오지 않는 이유를 떠올렸다. 어릴 때 내가 해안가에서 본 그 장면을 곱씹었다.

지금으로부터 약 800년 전의 일이다. 그날을 직접 겪지 않은 나 같은 세대도 장로님들의 이야기를 통해 마치 어제 일어난 일처럼 당시를 상세히 알고 있었다. 마고 장로님은 2010년에 태어났고 태어난 순간부터 인간과 함께였다. 주변 소들이라면 으레 그렇듯 어린 마고도 한 살이 넘자 자신도 곧 도살장으로 가게 되리라 생각했다. 어린 마고가 태어난 이듬해 가까운 곳에서 큰 지진이 일어 높은 해일이 사방을 덮쳤다. 많은 인간이 죽고 다치고 떠났으며, 많은 동물이 죽고 다치고 버려졌다. 그런데 해일이 사라졌는데도 목장 상황은 이전대로 복구되지 않았다. 목장의 주인은 떠났으며 목장이 고용했던 목부들도 떠났다. 목부 중 딱 한 사람이 남아 죽을 때까지 목장을 지켰다. 동물들은 이 모든 변화를 묵묵히 지켜보았다. 목줄이 채워진 채 또는 축사에 갇혀 사람 없는 곳에서 죽어 간 개, 말, 돼지 들도 수두룩했다.

그날 이후 마고와 남은 소들은 목장에 남아 계속 살아갔다. 야생의 소처럼 마냥 자유로운 것은 아니지만 인간을 마주쳐도 죽임을 당하지 않았다. 인간이 살점이나 가죽을 노리지도 않았다. 딱히 무탈하다 말하기는 어려웠지만 평화롭다고 말할 수도 있었다. 마고 장로님은 그때 자신이 죽을 수 없는 존재가 되었다고 생각했다. 마지막 목부는 목장에서 자기 수명을 마쳤다. 그 후로 사료 공급이 들쭉날쭉해졌다. 먹을 게 없는 날이 더 길었다. 마고 장로님과 선조 소들은 먹을 수 있는 것들과 먹을 수 없는 것들을 가리지 않고 먹으며 살아남았다.

나는 먹을 게 전혀 없는 곳에서 태어났다. 2023년 이래,

바다가 완전히 달라진 후에 태어난 세대였다. 초원이 푸르지 않은 계절에 태어난 나는 먹이를 찾아 멀리 내달리곤 했다. 바닷바람이 온몸을 때리는 해안까지 나갔다. 갈증과 허기로 몽롱해진 나는 비릿한 냄새가 코를 찌르는 곳으로 터벅터벅 걸어갔다. 비틀거리며 해안이 한눈에 들어오는 모래언덕 위에 섰을 때 나는 눈앞에 펼쳐진 장면을 도저히 이해할 수 없었다.

거대한 무덤이었다. 수많은 사체가 해안을 가득 메우고 있었다. 처음에는 죽은 어류가 떠밀려 왔거나 아니면 떠밀려 온 어류가 죽어 언덕을 만든 줄로만 알았다. 언덕에는 인간의 모습도 잔뜩 섞여 있었다. 사체를 자세히 보다 알았다. 인간의 상반신에서 이어진 어류의 몸이 보였다. 죽은 인어들이 해안을 가득 뒤덮고 있었다. 이미 썩기 시작해 지독한 악취가 해풍에 담겨 육지로 쏟아지고 있었다. 먹은 것이 없었는데도 나는 신물을 게워 냈다.

그곳에서 나는 배합사료 공장의 차량이 해안에서 인어의 시체를 모두 싣고 사라지는 것을 보았다. 요령 좋은 움직임을 보였다. 며칠 후 목장에 사료가 반입되었다. 포대에 그 공장의 이름이 적힌 사료가 어마어마하게 쌓인 것을 보았다. 포대를 보자마자 반쯤 썩은 인어들의 사체가 떠올라 구역질이 올라왔다. 하지만 무엇이 도착했대도 먹을 수밖에 없었다. 그게 저 바다에서 올라온 썩은 인어 고기라는 걸 알았대도 말이다. 우리는 인어 고기를 먹고 살아남았다. 그렇게 수십 년 수백 년이 흘렀다. 그때 인어 고기 사료를 먹은 자들만큼은 죽지 않았다. 우리 목장엔 계속 썩은 인어 고기가 공급되었다.

무엇이 칸칸의 죽음에 영향을 끼쳤는지 짐작하고도 남았다. 우리는 인어 고기를 꾸준히 먹어 왔고 어린 칸칸은 지금 막 먹기 시작했다. 그러니까 칸칸은 인어의 몸에 수백 년 동안 축적된 독을 성장기에 먹은 것이다.

우리 목장의 소들이 원래 수명 이상으로 기이하게 장수한다는 걸 알고 난 뒤 인어의 사체를 보지 못한 인간들도 오랜 비구니 전설을 떠올리며 혀를 찼다.
"누가 소들에게 인어 고기를 먹인 게야."
인어 고기를 먹은 비구니가 1,000년을 산다는 전설은 목장 가까운 지역에 남아 있었다. 인간의 일을 두고 천재지변이라거나 불가항력이라 말하는 자들, 자신들의 죄를 다른 데로 돌리는 인간들의 하릴없는 넋두리를 들으며 소들은 썩은 인어 고기를 먹었다. 사료가 역하고 씁쓸한 맛이었던 건 인간들의 죄책감이 가미됐기 때문일까.
우리는 죽지도 못한다고 생각하지만 인간들은 목장의 소들이 죽지도 않는다고 생각할 것이다. 우리의 긴 생을 지켜보며 인간들은 기이하게만 생각할 터다. 그런데도 인간은 잠자코 우리를 내버려두었다. 살아 있는 것들을 깡그리 모욕하고 저주하는 방목. 목장을 둘러싼 인간의 일들에는 전부 계획이 있었고 실행이 있었고 또 어긋남이 있었지만 책임지는 이는 아무도 없었다. 목장은 무책임하게 버려졌다. 이 주변의 일들이 다 그러하듯이.
우리는 그날 일의 인과관계도, 인어 고기가 품은 독의

정체도 모른다. 이제는 아무도 언급하지 않는다. 망각을 통해 역사를 지우고 싶은 인간들 사이에서 진실 대신 전설이 이야기의 자리를 차지했다. 모두가 진실을 외면한 뒤에야 신화가 완성되었다. 기억될 필요가 있어서 만들어진 이야기라면, 사라지지 않도록 전해진 이야기라면 추잡한 진실이 아름다운 전설로 쉽게 각색될 순 없다.

먼 옛날 도살되기 위해 만들어졌다는 목장 이야기는 내게 너무 비현실적이라 전설 같았다. 죽임당하기 위해 태어나다니, 살점과 뼈와 가죽과 뿔을 빼앗기기 위해 태어나다니, 생각해 보면 참 잔인한 일이었다. 그런데 목장이 800년이나 방치되어 온 것과 비교하면 무엇이 더 잔인한 걸까? 그때의 일과 지금의 일을 마음속 저울에 달아 보곤 했다.

3

　마고 장로님이 세상을 떠난 뒤 순례자들이 배합사료 속 인어 고기에 대해 알게 되었다. 늦게라도 그들이 진실을 알게 된 것은 마고 장로님의 목숨을 건 저항 덕분이었다.
　우리는 살아남아 죽지 못하는 자의 비애를 맛본다. 죽지 못하는 일은 사랑하는 자들을 먼저 떠나보내는 일이다. 가족과 동료, 그리고 어린 생명에게 미안해하다 너무 오래 살았음을 떠올리는 일이다. 순례자들이 더 이상 찾지 않는 곳에 남겨지는 일이다.
　우리는 덜렁 남았다. 누군가를 배웅하는 일만이 우리의 역할인 것처럼.
　목장에는 이제 남은 소가 얼마 없다. 저항했던 어르신들은 목숨을 걸었기에 죽었고, 성장하려던 어린 자들은 자기 몫의 생을 놓치고 죽어 갔다. 남은 자들은 늙고 젊은 자들의 시취를 폐부로 받아들이며 형벌과 같은 목숨을 이어 가고 있었다.
　도대체 다가오지 않는 죽음의 의미를 반추하면서도 우리는 살고자 했다. 제대로 된 소멸을 원해 왔다. 우리의 생은 기이했지만 죽음은 전혀 신비롭지도 않고 숭고하지도 않기를 원했다. 그저 우리가 살고 죽는 일이 무자비하게 아픈 일임을 인간들도 기억하길 원했다. 부자연을 한 번 더 거스른 자들이 있었음을 인간들이 떠올리길 바랐다. 전설이 아니라 현실로.
　마고 장로님이 떠난 뒤 주변 풍경은 이전과는 완전히 달라졌다. 동물과는 전혀 다른 수명 시계를 가졌던 수목에도 변화가 있었다. 우리의 약한 다리와는 비교되지 않을 만큼 지면에 자신의 근간을 단단히 디디고 있던 넝쿨과 뿌리가 썩어 가고 있었다. 천 년 이상 이 땅의 주인이었고 만 년도 살아남을 존재가 썩어 버렸다.

우리가 죽은 뒤에도 살아남아 재건과 부흥을 증명해 줘야 할 단단한 뿌리들이 썩어 가고 있다. 복원되지도 재건되지도 않는 땅 위로 뿌리가 올라와 몸을 누였다. 주변에 쌓여 있던 검은 흙은 다른 곳으로 이전되었다. 흙이 이동한 곳의 넝쿨과 뿌리는 괜찮을까. 그곳의 안부가 궁금해졌다.

전설이 무너진 뒤 순례자들은 아무도 오지 않는다. 우리를 향해 눈물을 흘리며 두 손을 모아 고개를 숙이던 이들이 우리를 신성하다 여긴 것이 아니었음을 안다. 그저 살아갈 작은 힘을 내려고 믿음을 만들었을 터다. 무너트린 전설은 이제 진실로 변할까? 아직 이야기가 새 자리를 찾지 못한 이 빈 공간은 단조로운 흑백 풍경처럼 보인다.

800년 가까이 시간이 흘렀지만 변함없이 의연하게 서 있는 송전탑만이 단단해 보였다. 무너진 잇몸 위에 걸려 있는 내 이빨보다, 흐물흐물하게 기울어 버린 내 뿔보다 훨씬 더 견고하다.

마지막 숨을 맞을 순간이 다가오고 있었다. 나는 장로님과 칸칸, 그리고 다른 소들이 잠들어 있는 축사를 등지고 목장 밖으로 걸어 나가기 시작했다.

전설이 다시 진실로 변했을 때 남은 자들은 다시 살아 보려

했다. 하지만 인어 고기 공급이 중단된 후 다른 식량이 들어오지 않았다. 죽지 못하는 자들에게 생존은 곧 아사를 향한 과정이 되었다.

마지막으로 풀을 먹은 게 언제였지. 깨끗한 물을 한 방울 맛본 건 언제였지. 겨울이 너무 길어 기억력이 얼어 버린 모양이었다. 예전 일들이 잘 기억나지 않았다. 죽음이 점점 가까이에 다가오고 있다는 예감만은 또렷했다.

축사를 등지고 나왔을 때 누님이 줄곧 따라온 것을 느꼈다. 나는 도로에 흐르는 헤드라이트를 바라보며 와와 누님의 어깨에 조용히 머리를 기댔다. 나에게도 드디어 죽음이 시작되려 하고 있었다. 두 살이 지나면 죽었던 이곳의 선조들처럼.

"누님, 불사할 줄 알았던 우리가 곧 죽게 되었다니 이건 축복이겠죠?"

나는 누님의 크고 깊은 눈을 들여다보았다. 나보다 서른 해나 더 산 누님은 의연하리라 생각했는데 누님의 눈동자는 내 마음속 동요보다 더 떨리고 있었다. 긴 삶을 살아 내며 줄곧 다른 이들의 불안을 지켜보는 일에 익숙했다. 하지만 오늘 누님의 슬픈 눈 속에 비친 나의 쓸쓸함을 지켜보는 일은 참 낯설었다.

"죽으려고 태어나는 생명은 없어. 두 살에 죽는대도, 천수에 죽는대도. 인어 고기를 먹고 죽은 칸칸도, 먹을 것이 없어 죽는 우리도 마찬가지지. 마고 장로님도 그렇잖아. 우리는 모두 살려고 했어."

나는 흔들리는 누님의 마음을 다른 데로 옮기려 질문했다.

"순례자들은 우리를 향해 무슨 기도를 했을까요?"

누님이 아련한 눈을 보였다가 오래 눈을 감았다. 답이 없으리라 생각한 순간, 누님이 천천히 입을 열었다.

"모르긴 해도 우리를 향해 차마 자신들만의 평안은 기원하지 못했을 거야."

고개를 끄덕이고 싶었지만 나는 한 번 눈을 천천히 감았다 떴다.

잠시 후 누님이 마지막 숨을 들이쉬었다. 나는 곁에서 그 숨이 천천히 멎은 것을 느꼈다. 그런 뒤 나도 천천히 마지막 숨을 청했다. 마지막 순간이 그리 숭고하지 않기를 바랐다. 숨붙은 모든 자들이 겪는 죽고 사는 예사로운 일 속에 내 죽음도 있길 바랐다. 남은 모든 이야기를 폐부에 들이듯 나도 마지막 숨을 들이쉬었다.

그 순간, 나는 공중에서 목장을 내려다보고 있었다. 길가에 누운 나와 누님이 보였다. 가벼운 기분으로 부유하면서 잠시 목장을 돌아보는 사이, 목장 주변이 소란스러워졌다. 나는 소리가 나는 쪽을 돌아보았다. 인간들이 이곳으로 모여들고 있었다.

순례자들이 다시 찾아온 것일까. 새로운 식량을 들고 새로운 목자가 나타난 것일까. 혹시 우리야말로 절실히 만나고 싶었던 관대한 신이 드디어 이 목장을 찾아낸 것일까. 앞으로 변하게 될 목장 모습이 궁금해 나는 한참이나 목장을 내려다보았다.

서서히 불안이 번졌다. 혹시 인간은 그동안 기다렸던 이 목장의 소멸을, 우리의 소멸을 확인하러 온 것인지 모른다.
　우리는 들판을 빼앗기고 말았다. 목장은 곧 깨끗하게 정돈될 것이다. 한때 전설이었던 소들이 이곳에 살았다는 일조차 잊힐 것이다. 인간들에겐 잊고 싶은 일들이 많다. 커다란 눈동자에 진실을 담은 소들이 오래 살아남는다면 잊기도 어렵겠지. 이곳의 일들이 오랜 전설이 되어 온 세상에 회자되는 일도 꽤 귀찮을 것이다. 그렇다고 서둘러 처분하는 건 곤란하니 시간의 빠른 흐름만을 기다려 왔겠지.
　그런 인간들이 불편하지 않으려면 이곳은 돌보는 목자가 없어야 한다. 발을 내릴 뿌리가 없고 쉴 만한 물가가 없어야 하며, 건강한 삶도 기이한 죽음도 없어야 한다. 그런 게 있대도 줄곧 언급되지 않고 심각하게 논란이 일지 않고 진지하게 염려되지 않고 기억되지 않아야 한다. 그렇게 인간의 간편한 안도를 창출하는 곳이 되어야 한다.
　오래 기다렸다는 듯 인간들은 소들이 떠난 빈 목장으로 밀려들었다. 큰 차량이 들어와 목장 이곳저곳을 정리하기 시작했다. 거대한 장비가 목장을 치우고 덮기 시작했다. 목가적이고 신화적인 이야기는 물론, 그 어떤 이야기도 일절 남기지 않겠다는 듯, 장비에 달린 삽의 움직임이 거침없었다.
　작업복을 입은 사람들은 이국의 눈동자 색을 가졌다. 소들의 시신을 발견한 눈동자가 흔들렸다. 그 눈동자 속에는 어린 시절 자기 고향에서 일했던 소들의 모습이 어려 있었다. 선조들에게서 들은 또 다른 신화를 마음에 품고 작업자들이 시신 앞에서 두 손을 모았다.

　장비가 움직이는 뒤편에서 또 다른 인간들이 빚어내는 소음이 들렸다. 순례자도 찾아오지 않기에 모두가 우릴 잊은 줄 알았는데 슬퍼하는 인간도 있었다. 슬퍼하는 인간일수록 목장에 가까이 오지 못하게 저지당하고 있었다. 그 바람에 소란스러운 모양이었다.

　슬픈 목소리 너머로 조금 더 먼 곳에서 흥겨운 소리가 들려왔다. 리드미컬한 소리와 환호성이 들렸다. 축제가 열린 듯했다. 나는 우리를 향해 고개를 숙였던 인간들이 떠올랐다. 나 역시 그들처럼 기도했다.

　인간 세상의 일들은 이 목장에서의 삶과는 다르길. 부디 인간들은 흥망성쇠와 희로애락을 반추하고 반복하길. 인간의 일들만큼은 부디 이전의 고난을 이겨 내길. 끝끝내 재건되고 부흥하길. 볕 좋은 날 바짝 마른 볏짚처럼 뽀송한 생이 언제고 다시 시작되길.

　기도를 마치고 나는 둥실 떠올랐다. 목장 주변을 흐르던 차량의 헤드라이트와는 비교할 수 없을 정도로 밝은 별, 황소자리 중에서도 가장 빛나는 별이라는 알데바란이 이 겨울 남쪽 밤하늘에 빛나고 있었다.

작가의 말 × 백민석

이토록 비대칭적인 한일 관계

우리는 골칫덩이 나라를 이웃으로 두고 있다. 이 나라는 1592년에 조선을 침략해 20년 가까이 양민을 학살하고 땅을 황폐하게 만들었다. 당시 1400만 명에 이르렀던 조선 인구는 1060만 명까지 줄어들었다. 교토에 있는 코 무덤에는 그때 베어 온 코가 21만 4,752개나 묻혀 있다. 일본은 1910년에는 조선을 무단통치하기 시작해 강점기 동안 노동자, 군인, 위안부 징용 등으로 500만여 명을 끌고 간 것으로 알려졌다. 1923년 간토 대지진 때는 6,000여 명의 조선인을 학살했고, 패전 후에도 귀향하는 징용 노동자들이 탄 우키시마호를 폭침해 조선인 5,000여 명을 살해했다.

이런 숫자들을 보면 일본은 우리에게 무엇인가, 하는 의문이 든다. 과거는 잊을 수는 없어도 용서할 수는 있다. 하지만 이 골칫덩이 이웃은 지금도 독도가 제 땅이라 우기고 있고, 이제는 후쿠시마 방사능 오염수까지 흘려보내고 있다.

반면에 우리가 재한在韓 일본인을 차별했다든가, 과거에

일본인을 학살했다든가, 일본 땅을 침략했다든가 하는 이야기는 들어 본 적이 없다. 이런 한일 관계의 비대칭성은 갈수록 누적되어, 우리의 미래에 또 한 번 치명적인 결과를 낳게 될 것이다. 시민들이 오염수 방류에 반대하며 일본 대사관 앞에서 시위를 시작한 게 2023년 6월의 일이었다. 일본인들이 알아듣지 못할까 봐 일본어로 번역까지 해서 우리의 바람을 알렸다. 하지만 일본은 귓등으로도 듣지 않았다. 일본은 지난 11월 4일에 10차 방류를 끝냈다.

　일본은 400여 년 전에도, 100여 년 전에도 우리를 동등한 이웃 나라로 여기지 않았고, 그 결과는 참혹한 비극으로 이어졌다. 한일 관계의 비대칭성은 한국인의 존엄 따위는 무시해도 된다, 한국인에게 존엄 따위는 없다는 학습된 집단 무의식으로 해가 갈수록 비대해질 것이다. 우리가 과거에 한반도를 피로 적시고 생명을 내던지면서 얻은 교훈이 바로 이것이다.

　「검은 소」는 정주하 선생의 사진 작업에 소박한 꾸밈음처럼 덧붙이기 위해 쓰였다. 선생의 고되었을 작업에, 그리고 봄에 있었던 환대에 누가 되지 않았으면 하는 바람을 첫째로 놓고

썼다. 소설은 어조를 누그러뜨리고 감정을 다독여 가며 쓸 수 있었지만, 「작가의 말」만큼은 내 날것의 육성에 가깝게 썼다. 나는 일본에 대해 이보다 더 부드럽고 선량한 목소리를 낼 수가 없다.

　내가 일본 것이라면 무엇이든 혐오하는 것은 아니다. 내가 그런 사람이라면 과거 일본의 제국주의자들과 다를 바가 없다. 나는 일본의 소설도, 영화도, 음악도 좋아하고 평소에 즐긴다. 하지만 다른 나라의 문화도 그만큼 사랑한다. 이탈리아 음악, 미국 영화, 프랑스 문학도 그만큼 사랑한다. 일본은 내게 그저 세계에 존재하는 많은 나라의 하나다.

　내가 일본에 더 큰 주의를 기울이게 된 건 후쿠시마 방사능 오염수 방류 논란부터였다. 일본 대기업 사원의 월급이 우리 돈 200만 원 정도고, 많은 일본 회사원들이 월급 100만 원 정도를 받으며 일하고, 일본의 4050 세대 절반은 자산이 우리 돈 5,000만 원이 안 된다는 시시콜콜한 정보들까지 알게 되었다. 이렇듯 우리보다 더 고단하게 사는 일본의 소시민들이 본의야 어떻든 이웃 나라에 해를 끼칠 여유가 있을 리 없다. 이 소설에

등장하는 게이코나 검은 소도 그런 존재들이다. 그들은 자기 삶만으로도 충분히 고통받고 있고 정신이 사납다. 그렇다면 누가 한일 관계를 끊임없이 비대칭적으로 만들고 미래를 위기로 몰아넣고 있는가.

작가의 말 × 황모과

2011년 3월 11일 오후 2시 46분, 도쿄에 살고 있던 나는 그때 미팅을 위해 출판사에 가려던 참이었다. 도쿄에서 5년쯤 생활하면서 처음 경험하는 크기의 지진을 만났다. 곧 쓰러질 듯 흔들리는 책장을 붙잡고 있다 진동이 멈춰 밖으로 나왔다. 동네 담벼락이 무너져 있었는데 그것보다 미팅에 늦으면 안 된다는 생각뿐이었다. 지하철역에 도착하니 정지한 지하철에서 사람들이 모두 빠져나와 역 앞이 북적였다. 핸드폰 통신은 먹통이었는데 메신저 사용은 가능해 한국의 가족과 지인으로부터 계속 메시지가 오고 있었다. 그 순간에도 나는 미팅에 늦으리란 생각에 허둥댔다. 오래전에 지갑에 넣어 두었던 공중전화카드가 있어서 오래 줄 서지 않고 곧장 출판사에 전화할 수 있었다. 지하철이 멈춰서 미팅에 못 갈 것 같다고 연신 사과했다. 편집자는 어쩔 수 없잖겠냐고 덤덤하게 말했지만 계속 민망하고 당황스러웠다. 이런 상황에서 업무 약속을 깬 내가 어떤 마음가짐이어야 하는지 상상한 적이 없어서였을까. 지진이 잦은 나라로 이주하면서도 이런 상황 자체를 상상한 적도 없었다.

지금 생각하면 겨우 그 정도 일로 당황했다는 게 부끄러울 정도다. 바로 그 순간 시커먼 쓰나미가 도호쿠 지방 곳곳을 순식간에 덮쳤다. 사실 그때나 지금이나 당시 쓰나미 재해 관련 보도를 잘 보지 못했고, 못한다. 유치원 차량이 쓰나미에 휩쓸렸다는 뉴스도 타이틀만 보고는 끄고 말았다.

후쿠시마 제1원자력발전소 폭발 사고는 한국 뉴스로 봤다. 일본에서 나오는 정보는 신뢰할 수가 없었다. 이를테면 미군의 구호 활동인 '도모다치 작전' 소식이 지나치게 크게 보도된다 싶었다. 할 수 있는 일은 없고 그저 잘 해결되길 바라는 대중의 희망이 반영된 보도라고 이해는 했지만 수습이나 대책 얘기가 나오는 건 너무 일렀다. 이후 당시 구조 활동에 투입되었던 미군 2만여 명 중 200명가량은 도쿄전력을 상대로 약 1조 원 규모의 손해배상 소송을 미국 법원에 제기한다.

당시 나는 만화가 스튜디오에서 어시스턴트로 일하며 철야 작업을 이어가고 있었다. 너무 지친 날들이 이어져 사실 당장 일을 그만둔대도 크게 아쉬울 게 없는 심정이었고 이제 어디로 가야 할지 고민했다. 수많은 외국 국적자들이 출국하고

있었다. 한국의 가족들은 얼른 돌아오라고 말했지만 먹고사는
게 문제였다. 한국에 돌아가도 취업이 가능할 것 같지 않았다.
후쿠오카나 오키나와로 갈까도 생각했는데 거기서도 딱히
취업할 수 있을지 자신이 없었다.

그 와중에도 스튜디오에선 여느 날과 다름없이 원고 제작과
마감이 이어졌다. 모두가 불안을 억누르며 제작한 원고는 물류
유통이 정지되어 서점에 발송되지도 진열되지도 않았다. 이
와중에 뭘 위해 마감 기일을 맞춘 건지 회의감뿐이었다.

스튜디오 주변 상가에서 반전·반핵 집회 참가자의 목소리가
들렸고 사무실 사람들은 시끄럽다고 불평했다. 종류 불문
소음이라면 매우 혐오하는 일본 사회는 변화를 외치는
목소리까지 소음으로 여기고 있었다. 상황이 제대로 수습되지
않으리란 불안은 확신으로 변했다.

이런 상황에서 나는 떠날 수 있는가, 떠나야 하는가, 떠나고
싶은가, 자문했다. 한국으로 돌아갈 수 있다는 것만으로
제법 특권이란 생각마저 들었다. 다만 떠나야 하는가, 라는
당위와 떠나고 싶은가, 라는 심정은 즉답하기 조금 애매했다.

가능하다면 떠나고 싶다, 하지만 가능하지 않을 것 같다, 다른 곳으로 이주해도 최선이나 차선이 되지 않을 것이다, 정도였다. 아이가 있었다면 당위나 절박함의 크기는 좀 더 컸을 듯하다. 막 입양한 한 살짜리 고양이에게 먹일 생수를 사긴 했지만, 2011년 이전의 사료를 구해서 먹인다면 성장하는 데에는 문제가 없을 거라 생각했다.

 한동안 비를 맞으면 옷을 버렸다. 방사능측정기를 구입했다. 수치에 큰 변화가 없어서 불량품을 샀나 싶었다. 시간이 지날수록 자문했던 것들의 답은 더 애매해졌다.

 한밤에 자전거로 퇴근하던 어느 날, 막차인 것으로 보이는 빈 버스를 보았다. 운전기사는 아무도 없는 정류장에 정차해 잠시 문을 열었다가 다시 빈 버스를 출발시켰다. 나는 그 버스를 지켜보았고 조금 울었다. 사무실을 청소하는 중년 여성도 그랬다. 일하는 사람들은 거의 다 같은 표정을 보였다. 떠나야 한다는 당위를 떠올리지 않는 표정, 떠나고 싶다는 절박함이 없는 표정. 떠날 수 있는가, 라는 전제에 대해서라면 어쩌면 나보다 더 선택지가 없었던 자들의 표정이었다. 수명이 다해 죽을 날과, 피폭당해 서서히 죽어 갈 날에 큰 차이가 없을 중년, 노년의 사람들, 원전에서 그나마 일정 정도 떨어진 곳에 사는 사람들은 이런 애매함 속에 그저 머물렀다. 떠날 수 있다는 특권조차 없음을 묵묵히 받아들인 것 같았다. 자의까지는 아닐지 모르나 그렇게 결심 아닌 결심을 했을 사람들과 나의 자문을 비교했다. 내게 떠날 곳이 있다는 특권도 원래 없었던 것처럼 받아들여도 무방하게 느껴졌다. (한국에 돌아가 딱히 할 수 있는 일이 없는 상황이기에 특권이랄 것도 아니지만.) 나는 떠날 순간에 대한 기준을 바꿨다. 운전기사나 청소 노동자가 떠나는 것을 본다면 나도 그때 떠나기로 결심했다. 방사능측정기는 오래 방치된 채로 배터리가 다 되었고 나는 지금도 일본에 살고 있다.

    당시 후쿠시마와 관련된 정보는 어떤 것은 지나치게 무시되었고 또 어떤 것은 지나치게 과장되었다. 후쿠시마는 아마도 수십 년 수백 년이 흘러도 영원히 인지하지 못하고 규명되지 못하는 일들 속에, 여전히 그런 간극 속에 놓여 있을 것이다. 인간의 많은 일이 그러하듯.

지난해 서울에서 정주하 작가님을 처음 뵈었다. 직접 들고 오신 대형 사진 속 풍경을 들여다보며 소들에게 감정을 이입하고 말았다. 소들의 커다란 눈에 담긴 진실을 상상했다. 내가 만약 희망 목장의 소라면 '죽지 못하고 죽지 않고 죽을 수 없는 생'이 불가사의할 것만 같았다. 목부가 없다면 소들은 당장 처분될지도 모르지만 이 불가사의함이 영원히 지속된다면 어떤 이야기가 생길까 상상했다. 인어 고기를 먹고 800년을 살다 동굴에 들어가 스스로 생을 마감했다는 비구니 전설은 일본 각지에 널리 퍼진 이야기인데 후쿠시마의 한 절도 비구니 전설의 발상지라고 한다. 2023년 후쿠시마 원전 오염수가 대량 방류된 이후, 전설 속 인어들도 유해 물질의 생물농축에서 자유로울 수 없겠단 생각을 하며 정주하 작가님의 사진 속 소들을 의인화해 이야기를 구상해 보았다.

평화 기행으로 다낭에 들렀을 때 해안가에서 생활하는 소를 가까이서 보았다. 마치 길고양이처럼 느긋한 태도가 인상적이었다. 사진 속 희망 목장의 소들을 보며 베트남에서 본 소들도 떠올렸다. 2011년 이후 후쿠시마에는 외국인

노동자 유입이 늘고 있는데 그중 베트남인이 가장 많은 수를
차지한다는 사실도 베트남의 소를 연상한 것과 무관하지 않았을
것이다.

최근 내가 사는 동네의 꽤 큰 공원에 예쁜 인공 언덕이 생겼다.
붉은 꽃 피안화의 이름을 따 '피안화 언덕'이라는 이름도 붙었다.
산책하며 자주 오가던 공원이라 '아직도 공사가 안 끝났네' 하며
꽤 긴 시간 공사 현장을 지켜보았다. 언덕이 생기기 전, 검은
포대에 담긴 흙이 어딘가에서 실려 와 잔뜩 쌓였다. 약간 불안한
마음으로 검색해 보았더니 2045년까지 후쿠시마 오염토를
후쿠시마 이외의 지역에서 '재생 이용'이라는 명목으로 최종
처분한다는 가이드라인이 보도된 참이었다. 그 언덕의 흙이
후쿠시마에서 왔는지 직접 확인할 수는 없었지만 타이밍이 너무
절묘해 의심하지 않을 수 없었다.

깨끗하게 새로 탄생한 피안화 언덕 이미지 위로 정주하
작가님의 사진 속에 담긴 비틀린 뿌리들이 겹쳤다.

동일본대지진과 원전 사고에 대한 이야기를 자주 떠올리며

살지는 않았다. 지금 여기에 살고 있는 이유를 대책도 없이 계속 자문해야 하기 때문이다. 정주하 선생님의 이번 작업과 거침없는 발걸음 덕에 나도 비로소 조금 다른 방식의 이야기를 생각해 볼 수 있었다. 정주하 작가님과 연립서가와 나를 인연으로 엮어 주신 고 서경식 선생님께도 감사를 전한다.

미나미소마 일기

정주하

¶

2023년 10월 29일, 11월 8일

지금 한국 국민은 처리수와 오염수 사이에서 혼란을 겪고 있다. 윤석열 정부가 이야기하는 처리수와 국민이 느끼고 생각하는 오염수 사이에서 말이다. 도쿄전력 후쿠시마 제1원자력발전소에서 발생하는 오염수가 처리수냐 오염수냐에 대한 문제인데, 사실 이 문제를 둘러싼 논쟁은 본말이 전도된 이상한 혼란 속에서 벌어지는 것이다. 거기에는 일본 정부가 오염수를 처리하는 첨단 기술이라고 말하는 '알프스ALPS'와 저기 스위스에 있는 알프스 사이의 뜻 차이만큼이나 묘한 뉘앙스가 존재한다. 지난 8월 24일 1차 '방류'(투기)를 시작한 이래로 후쿠시마에서 들려오는 소식은 모두 이런 식으로 한국 국민에게 전해져 왔다. 이미 오염된 그것을 바다에 방류해도 문제없다는 말이나, 처리가 어려운 삼중수소를 바닷물로 충분히 희석해서 버리려 한다는 말 모두 공중에 흩어져 눈에 보이지 않는 '방사능 바람'처럼 우리의 머리 위를 맴돌 뿐이다.

2023년 10월 29일, 이번 후쿠시마 방문은 코로나19로 인해 3년 만이다. 2011년 이후 매년 빠지지 않고 찾아왔던 곳이다. 10월 30일 아침에 후쿠시마시에서 렌터카를 타고 료젠산을 넘어가다가 중턱에 있는 아이스크림 가게에 차를 세웠다. 정면의 둥근 간판 상단에 'JERSEY SOFT & ICE'(젖소 소프트크림과 아이스크림)라 표기되어 있고, 하단에는 '목장 직영'이라 쓰여 있다. 가게 이름과 목장 이름은 없다. 아마도 료젠산 근처니 다들 아는가 보다. 손님이 많다. 주변에 세워진 차는 오토바이를 포함해 10대가 넘는다. 대체로 관광객일 터인데, 이 지역을 둘러보는 일이 이제는 즐거움이 되었나 보다. 나도 제일 큰 아이스크림콘을 주문해 맛있게 먹었다. 물론 불안한 마음이 아랫배 한구석에서 스멀거리기는 했지만, 이곳 주민들의 '불안한 무심함'에 동참하기로 했다.

다시 차에 올랐다. 이곳부터는 내비게이션이 가리키는 큰 도로를 버리고 산속으로 향했다. 그저 가고 싶은 대로 계곡과 계곡 사이를 지나는데, 이상하게도 오염토를 쌓아 놓은 모습이 잘 보이지 않는다. 산기슭 여기저기에 빈집이 보이고 그 주변 감나무에 대봉시가 위용을 뽐내며 달려 있는 것은 여전하지만, 3·11 사태 이후 오염토를 1톤 백에 담아 계곡 여기저기에 쌓아 두던 풍경은 거의 보이지 않는다. 오히려 눈에 띄는 것은 태양광 패널이다. 그 규모가 작지 않으며, 깊은 계곡이나 산기슭에조차 반짝이는 패널이 보인다. 햇빛이 드는 시간이 적어 효율이 떨어지지 않을까 하는 걱정을 하며 미나미소마南相馬에

도착했다.

　미나미소마는 내게 매우 익숙한 도시다. 그동안 여러 차례 방문하기도 했거니와, 내가 좋아하는 분들이 살고 있어서다. 그런 익숙한 곳을 왔는데, 익숙하지 않은 모습이 여기저기 눈에 띈다. 내가 묵을 호텔의 멋진 위용이 그렇다. 이곳에 어울리지 않는다고 할 만큼 크고 멋지다. 시립도서관 건너편에만 큰 호텔이 세 곳인데, 그중 내가 묵을 호텔이 제일 크다. 게다가 새 건물이다. 예전에 니시우치西內 선생이 늘 아침을 사 주시던 역 앞 소바 가게의 소박한 모습도 크게 변했고, 그 옆에는 이 지역의 수산물 가공품을 파는 멋진 가게도 생겼다. 들어가서 점원에게 물어보니 수십 년 된 가게라고 하는데, 3년 전까지도 이곳에 왔던 나는 모르는 가게다. 새롭게 단장해서 그런 모양이라고 생각하며 빈손으로 가게를 나왔다.

　예약해 둔 호텔에 체크인을 하고 다시 밖으로 나와 오다카小高 방향으로 향했다. 오다카를 왼편에 두고 남서쪽으로 가다가 나미에浪江 마을로 들어서면 '희망 목장'이 있다. 이제는 많이 알려진 '희망 목장'은 원래 이 목장에서 일하던 요시자와 마사미吉澤正己 씨가 3·11 이후 홀로 운영하는 곳이다. 100여 마리의 소들이 여전히 구릉 여기저기에 흩어져 있고, 전기 울타리가 설치된 길옆으로는 20여 마리의 소들이 무엇인가 열심히 먹고 있다. 이곳은 예전과 거의 변함이 없다. 부흥도 없다. 오히려 부흥이 이곳을 피하고 있는 듯하다. 목장을 가로질러 도쿄로 향하는 고압 송전탑이 위용을 뽐내고 있고, 목장 주변의 풍경은 여전히 아름다우며, 더러운 똥 밭에 발을

담그고 거친 먹이에 코를 박은 채 생존을 지속하려 애쓰는 소들의 모습도 여전하다. 부흥과 제염除染과 존재는 증언 불능으로 귀결될 것이다. 잠시 두려운 마음이 들었고, 긴 시간 소들과 침묵의 재회를 했다. 기다려도 요시자와 씨가 오지 않는다. 돌아갔다가 내일 다시 와야겠다고 생각하며 차를 돌려 산으로 향했다.

　나미에 마을 뒤로는 높은 산이 펼쳐져 있다. 이곳에는 저수지와 댐이 여러 곳 있다. 예전에 나와 함께 이곳을 돌아보던 니시우치 선생은 방사능측정기로 수치를 재면서 매우 위험한 곳이라고 여러 번 강조하기도 했다. 태평양의 바람이 단순히 육지 쪽으로 불어오면 바다에 연해 있는 마을은 그나마 방사능 수치가 낮다. 하지만 그 바람이 산을 오르면 나무와 논과 밭, 그리고 저수지나 댐에 갇힌 물에 큰 영향을 끼친다. 드문드문 설치된 선량계를 보니 산 중턱의 방사능 수치는 마을의 4~5배가 넘는다. 이곳의 방사능 위험은 여전히 나를 어지럽게 한다. 그런데 이상한 것을 느꼈다. 계곡에 쌓여 있던 오염토는 온데간데없고, 그것이 있던 곳에서 뭔가 열심히 공사하고 있는 인부들과 그곳을 오가는 덤프트럭, 그리고 포클레인의 모습이 자주 눈에 띈다. 그 많은 오염토는 다 어디로 갔을까? 몇 해 전 일본 총리는 이 방사능 오염토를 재사용하겠다고 발표한 적이 있다(2016년 6월 일본 환경성 승인). 그 양이 도쿄돔 11개(1400만m³)를 메울 정도라고 하는데, 이 역시 그동안 모아 놓은 양에 불과하다. 폭발한 원전에서 끊임없이 분출하는 방사성물질은 오염수를 통해서만이 아니라, 바람을 타고 공기

중에 흩어진 뒤 비와 눈 그리고 중력에 의해 지상으로 내려와 오염토를 만들어 낸다. 이 흙은 죽음을 싣고 있다. 그럼에도 일본 정부는 오염토를 재사용하겠다고 했고, 마침내 실행에 옮긴 듯하다. 절망이 기대와 희망을 끊어 내는 것이라면, 지금이 바로 절망해야 할 때가 아닌가 싶다. 요컨대 역설적으로 기대와 희망을 끊어 내야 절망에 다다르고, 그 절망을 온전히 받아들여 분노로 바꿀 수 있을 때 비로소 앞이 보이지 않을까 생각해 본다.

  산을 한 바퀴 돌아 다시 나미에 마을로 돌아가다가 미나미소마에 오면 늘 가던 장소에 들렀다. 이곳은 오다카와 나미에 마을의 접경쯤 되는 곳이다. 높지 않은 야산인데, 2015년경 나미에 마을을 촬영할 때 니시우치 선생이 소개한 곳이다. 당시 내 눈에 미나미소마와 그 주변 마을은 참혹한 모습이었다. 감히 지나는 사람의 눈을 똑바로 쳐다보기가 힘겨울 지경이었다. 그 참담한 심경이 불쑥 이곳 지역의 나무뿌리를 촬영하면 좋겠다는 생각으로 옮아갔고, 그런 생각을 어렵사리 니시우치 선생에게 전하니 선생이 내게 이곳을 소개한 것이다. 늘 그랬듯이 그는 서슴없이 나를 이곳으로 데리고 와서는 너른 밭 끝에서 이어지는 계곡 안쪽으로 들어가 보라고 했다. 카메라를 들고 안쪽으로 들어가 보니 높게 뻗은 나무가 울창한데, 곳곳에 나무뿌리처럼 생긴 넝쿨이 보였다. 나무를 휘감아 오르고, 나무에서 늘어져 묘한 조형을 이루는가 하면, 뿌리처럼 나무둥치와 어울리며 땅바닥으로 뻗어 있기도 했다. 식물에는 문외한이지만, 이것이 칡이라는 생각이 바로 들었다.

칡은 수명이 아주 긴 식물이라고 들은 기억이 있다. 내가 사는 곳에도 칡이 무척 많은데, 칡은 다른 나무에 얽히면서 자라고 자신은 죽지 않으면서 죽음을 일구기도 한다. 생장력이 강해 마구 자라는 넝쿨의 끝은 뱀처럼 자태를 뽐내기도 하고, 다른 생물을 죽이면서도 더불어 자란다. 순간 나는 이 칡이 희망 목장에 있는 방사능 머금은 소의 숙명과 비슷하지 않을까 생각했다. 그 후 이곳을 방문할 때마다 빠짐없이 들러 촬영하곤 했다.

    몇 년 만에 다시 찾은 계곡은, 작은 도랑을 건너기 위해 설치된 널빤지가 좀 더 썩어 있는 것 외에는 별 변화가 없었다. 숲 안으로 들어가니 이상하게도 설레면서 반가운 마음이 들었다. 촬영할 생각은 없어 인사만 하려는 마음으로 들렀는데 다시 만난 칡넝쿨을 보고 소스라치게 놀랐다. 내가 즐겨 촬영한 멋진 모습의 굵은 칡넝쿨이 그 자리 그대로 있었지만, 썩어 가고 있었다. 한동안 그 앞에서 몸도 생각도 움직일 수 없었다. 무엇이 혹은 어떤 물질이 작용하였기에 수명 긴 칡이 이토록 무참하게 무너져 가는 것일까? 문득 고개를 오른쪽으로 돌려 보이지 않지만 이미 보이는 후쿠시마 제1원자력발전소를 향해 의심 어린 생각을 집중해 보았다. 알 수는 없다. 하지만 마음으로는 이해가 되고도 남는다. 칡조차 견딜 수 없다는 것. 견딘다는 것은 굴복과 죽음의 대척점에서 일어나는 현상이다. 이곳은 그것을 용납하지 않는 땅이라 생각하며 돌아 나왔다.

이튿날(10월 30일) 다시 희망 목장에 갔다. 마침 요시자와 씨가 포클레인으로 소에게 먹이를 주고 있었고, 얼마 지나지 않아 어디선가 작은 트럭에 커다란 호박을 가득 싣고 두 사람이 찾아왔다. 호박을 소먹이로 기증하려는 듯하다. 한 개가 대략 60~70㎏은 됨 직한 큰 호박들이다. 가까이 다가가서 보니 조금씩 상해 있다. 아마도 판매가 어려운 것을 가져온 듯한데, 먹이가 부족한 소들은 개의치 않을 것이다. 몸을 팔아 먹이를 살 수 없는 처지. 이곳의 소다.

소들은 3·11 이후 줄곧 이곳에서 살고 있다. '죽임'을 '처분'으로 바꾸어 명령한 국가의 의도를 한편으로는 이해할 수 있으나, 이 소들이 지금까지 살아 있으면서 우리에게 계고啓告하는 것은 무엇일까. 인간의 욕망이 불러온 저 엄청난 참사의 처절한 증명이자 불안한 미래가 아닐까. 이들이 계속 이곳에 살면서 어떤 변화를 불러올 것인지 생각하고, 이들과 지속적으로 만나면서 인간의 과오를 반성하고 속죄하는 것이 우리의 과제가 아닐까. 온통 의문투성이다.

다시 시내로 향했다. 미나미소마로 돌아가는 큰길(6번 국도) 주변에 설치된 수백 미터에 달하는 펜스에는 매년 7월 미나미소마와 소마에서 열리는 노마오이野馬追 축제에 대한 그림과 함께 "재해를 딛고 부흥으로 나아가자."라는 선전 문구가 커다랗게 쓰여 있다. 차를 타고 지나면서 언뜻 보면 시에서 설치한 홍보물 같다는 생각이 들지만, 펜스 뒤로는 많은 양의 오염토가 쌓여 있다. 지난번 이곳을 방문했을 때 그 범위와

양을 보고 매우 놀랐던 적이 있는데, 그 놀람과 더불어 펜스에 그려진 홍보 그림과 문구가 한탄스럽게 느껴졌던 기억이 있다. 기만이라는 생각이 들었다.

그런데 이번에 와 보니 검은 1톤 백은 거의 사라지고 삼각형 모양으로 오염토를 길게 쌓아 놓은 것이 보인다. 거대한 모습으로, 그러나 노출되어 있는 상태로 말이다. 그 흙에는 드문드문 풀이 자라 있고, 안쪽 구석에는 흙을 실어 간 흔적이 있다. 이곳에서 무슨 일이 벌어지고 있는 걸까. 이 역시 오염토 재사용의 한 장면이라는 생각이 든다. 펜스가 있는 길옆 아주 어린 가로수에는 작은 팻말이 달려 있다. 2021년에 설치한 듯한 팻말에는 부흥과 밝은 미래에 대한 이곳 주민들의 염원이 적혀 있다. 그중 하나에는 "후쿠시마 해안 가도 벚꽃 프로젝트, 30년 후의 고향에 보내는 선물", "그 일로부터 5년이 흐른 2016년, 우리는 잊지 않는다. 부흥을 꿈꾸고 믿으며 다음 5년도 힘껏 버티며 분발하자."라고 쓰여 있다. 이렇게 간절하게 열망하는 부흥의 뜻이 무엇인지 무척 궁금하다.

이곳을 지나 후타바雙葉 마을과 가까운 바닷가로 향하니 그곳에도 비슷한 풍경이 보인다. 길옆으로 커다란 펜스가 설치되어 있고, 안쪽으로 흙을 높이 쌓아 올린 모습이 보이고, 그 흙에서는 풀이 자라고, 그것을 덮은 얇은 비닐은 삭아 찢어져 바람에 날아가 버리고, 그 벌어진 틈으로 다시 풀이 자라는 모습이다. 바람에 날리는 비닐 한 조각이 마치 깃발 흩날리듯 너풀거린다. 하늘을 향해. 그 바람의 안과 밖에는 무엇이 실려 있을까.

한국 속담에 "소 잃고 외양간 고친다."라는 말이 있다. 인간은 실수를 저지르고 나서야 비로소 자신의 게으름을 깨닫는다는 뜻일 것이다. 지금 후쿠시마는 온통 태양광 패널로 가득하다. 이는 화석연료와 핵에너지의 대안을 제시하는 현상이자 에너지 전환에 가장 필요한 조치라고 생각한다. 원자력발전소 폭발이라는 인류 차원의 재앙을 맞이하고서야 비로소 생각해 낸 것, 그리고 실천하고자 하는 것이 바로 이 단순한 태양광 패널을 설치하는 일이었다. 태양광 패널이 햇빛을 반사하며 내 눈을 찌른다. 다른 것은 보지 말라는 뜻인가?

¶

오늘은 10월의 마지막 날. 차를 타고 가시마鹿島의 해안가 마을을 여기저기 돌아다니며 그간 변한 모습을 감상했다. 날은 이상하리만치 따뜻하고, 바람은 많으면서도 부드럽다. 문득, 이 바람이 스친 바다는 어떤 모습일까, 바람 아래 바다는 어떤 모습을 하고 있을까 하는 생각이 들었다. 보고 싶었다. 길가에 차를 세운 후 해안으로 넘어가려고 높다란 방파제를 힘겹게 올랐다. 탁 트인 수평의 바다가 한눈에 들어오고 투명한 바람이 내게 달려들었다. 그런데 멀리 이상한 것이 보인다. 바닷가에 수영하는 사람들이 있는 것이다. 자세히 보니 수영이 아니라 윈드서핑을 하고 있다. 갑자기 가슴이 뛰었다. 이럴 수가 있나. 이곳은 사고가 난 원전에서 그리 멀지 않다. 한국에서 오염수 방류에 걱정하고 분노하는 목소리를 가슴에 잔뜩 품고 온 나로서는 이해가 되지 않는다. 이런 야릇한 풍경은 나의 신경을 깊숙이 자극하면서 온몸을 뒤흔들었다. 뛰었다. 뛰면서 카메라를 꺼내 들고 일단 한 컷을 찍었다. 바다를 향해 그 이해할 수 없는 광경을 고체화하기 위해! 그리고 숨을 내쉬며 찬찬히 모래사장과 발전소 굴뚝과 서프보드를 옆구리에 끼고 바다로 향하는 몇 명의 젊은이를 확인했다. 심장이 멈출 듯 아득한 전율이 인다. 저 무심한 행동은 어떻게 가능한 것일까. 국가(일본)가 쉼 없이 '조작'하고 '조롱'한 결과인가? 혹은 그에 대한 반항인가? 혹은 도취인가? 결국 그들 중 몇 사람을 발전소 굴뚝을 배경으로 세워 놓고 촬영했다. 물론 웃으면서, 그리고 "너는 아주 멋지다."라는 다이앤 아버스Diane Arbus식 감동의 언어와 눈빛을 보내면서.

¶

오늘은 11월 3일. 미나미소마에서 후쿠시마시를 거쳐 같은 후쿠시마현에 있는 시라카와白河시로 가는 날이다. 시라카와에 있는 아우슈비츠평화박물관으로 쓰카타 가즈토시塚田一敏 전 이사장을 만나러 가는 것이다. 아우슈비츠평화박물관은 일본 시민들이 모여 만든 사립 박물관이다. 1988년 폴란드 정부로부터 아우슈비츠 희생자 유품 등을 빌려 일본 전국을 순회한 전시에서 시작해, 2000년 4월 도치기현 시오야鹽谷군에 상설관을 개관한 후, 2003년 현재 위치로 이전·재개관한 곳이다. 88명의 정회원이 있으며, 지원하는 단체가 26곳이나 되는 규모 있는 박물관으로, 이곳에서는 평화와 관련된 작품으로만 초대 전시를 연다. 내가 쓰카타 이사장과 인연을 맺은 것은, 2016년 이곳에서 〈빼앗긴 들에도 봄은 오는가〉 연작을 전시하면서부터다. 당시 쓰카타 이사장은 전시를 위해 나리타공항에 도착한 나를 시라카와에서부터 직접 조그만 차를 몰고 와 마중해 주셨다. 입국장에 들어서니 쓰카타 이사장이 손수 한글과 영문으로 "빼앗긴 들에도 봄은 오는가"를 적어 만든 패널을 어깨에 걸치고 내 앞에 서 있었다. 일본 어디서나 볼 수 있는 파란색 작업복을 입고 머리에는 수건을 질끈 두른 자그마한 할아버지의 모습을 본 순간 내가 받은 감동은 이루 말할 수 없다.

고맙게도 오바라 히로시小原紘 선생이 도쿄에서 이곳 시라카와까지 마중하러 와 주신다고 한다. 아마도 내가 일본어를 할 줄 모르니 통역도 할 겸, 또 두루 인사도 나눌

겸 오시나 보다. 물론 오바라 선생은 아우슈비츠평화박물관 회원이다. 2016년 내가 이곳에서《빼앗긴 들에도 봄은 오는가》전을 열 때 처음 뵈었는데, 선생은 박물관 측에 자신이 한국어를 할 수 있다며 통역을 자청하셨다고 한다. 당시 전시 오프닝 행사와 갤러리 토크의 통역은 다른 분이 맡아 주었지만, 오바라 선생은 여러 가지로 일상에 필요한 통역을 맡아 주셨으며, 특히 쓰카타 이사장과의 술자리는 오바라 선생이 계셔서 더욱 흥겹고 즐거웠던 기억이 있다. 술과 담배를 그처럼 맛있게 즐기는 분은 본 적이 없다. 좌중을 즐겁게 하는 탁월한 재능이 있고, 그러면서도 정치적 문제나 세계 평화 문제에 대해서는 더없이 날카로운 견해를 가지고 계신 분이다. 전에는 은행원이었지만 일찍 퇴직하고 여러 곳에서 평화 관련 봉사 일을 하며 살고 계시는데, 개인적으로는 『한국 통신』이라는 신문을 만들어 관심이 있는 주변 지인들에게 소식을 전하고 있다. 오바라 선생은 김지하의 시를 원어로 읽고 싶어서 한국어를 배우기 시작했다는 점에서 믿을 만한 한국어 실력의 소유자다. 쓰카타 이사장과 동갑인 84세로, 얼마 전 폐암 판정을 받고 수술을 두 차례나 하셨다고 한다. 그런 몸으로 이곳까지 기꺼이 마중 오신다는 마음은 어디서 솟아나는 것일까. 환대와 연대는 타고나는 것이라 하던데 맞는 말인 듯하다. 도저히 따라갈 수가 없다.

　　평소보다 조금 일찍 일어나 아침 식사를 마친 후 시계를 보니 아직 8시가 채 되지 않았다. 어제 검색해 보니 후쿠시마시까지는 대략 1시간이면 갈 수 있을 듯하다. 시간은 넉넉하다. 그래서 희망 목장을 다시 한번 방문해 소들과 잠시 작별 인사를 나눈 후에 가기로 했다. 차를 몰아 나미에로 향했다. 가는 길에 느낀 감정은 이전과는 사뭇 달랐다. 그것은 섭섭한 감정도, 불편한 감정도 아니다. 지금 이곳의 모습, 그러니까 이 지역에 대한 일본 정부의 대응과 여전히 이곳에 살고 있는 주민들의 무미無味하고 평온무사한 듯한 분위기에 다소 화가 난 마음과 실망한 마음이 복합된 듯하다. 적어도 지난번에 왔을 때는 아주 가끔이나마 도로 주변에 "오염토 재사용 반대"라고 적힌 작은 페넌트가 걸려 있는 것을 보았다. 주민의 목소리가 작게나마 살아 있었던 것이다. 비가 내리던 어느 날, 바람에 찢겨 땅에 떨어져 있는 페넌트 하나를 주워 오기도 했다. 지금도 그것을 잘 간직하고 있다. 그러나 이번에는 아무리 돌아다녀 보아도 그런 흔적이 없다. 사라진 오염토 더미는 분명 어딘가로 옮겨졌을 터이다. 그것이 도로나 경작지 아래에 숨겨져 있다 하더라도 거기서 뿜어져 나오는 방사능의 총량은 변함이 없을 것이며, 오염토가 고체화됨에 따라 사태를 겪고 바라보는 주민들의 의식도 고체화될 것이다. 이곳은 지금 너무도 고요하고 평안하다. 아니 길들여지고 체념한 듯한 모습이다. 내 판단이 틀리기를 바라지만, 거리의 모습은 그렇다. 갑자기 엊그제 일이 다시금 생각났다. 그날은 후타바 마을 바닷가 근처에서 은폐된 오염토를 본 후 계속해서 북쪽으로 차를 달렸다. 해안 도로가 잘 정비되어 있었지만, 바다가 보이지는 않았다. 2011년 3월 11일의 쓰나미로 혼쭐이 났기 때문인지 방파제를 높게 만들어 놓아서다. 그 주변에는 수많은

태양광 패널이 설치되어 있고, 사이사이로 새롭게 조성된
마을과 함께 묘지가 보인다. 죽음을 삶 가까이에 두는 것,
묘지에 봉분이 없는 것이 한국과는 다르다. 일본인들은 죽음을
우리보다 덜 서글프게 받아들이는 듯하다. 마을 앞에도, 논
한가운데도, 들판에도, 야산 중턱에도 공동묘지가 있다. 대부분
검은색 또는 회색의 대리석으로 꾸며진 묘지는 드문드문
놓인 국화꽃만 없다면 멋지게 다듬어진 다양한 묘비를 같은
공간에 모아 놓은 설치미술 작품처럼 보인다. 숙연한 마음으로,
그러나 지치지 않는 시선을 던지면서 북쪽으로 달렸다. 멀리
높다란 굴뚝에서 흰 연기가 솟아나 구름처럼 번지고 있었다.
기타이즈미北泉 해안에 있는 도호쿠전력 화력발전소다.
미나미소마에 올 때마다 들르는 곳이다.
2011년 11월 처음 이곳에 왔을 때의 그 을씨년스러운 분위기가
기억난다. 발전소 바로 옆에 해수욕장이 있고, 모래사장 뒤로
콘크리트 계단이 길게 설치되어 있는데, 쓰나미로 인해 심하게
파손된 채 나를 맞이했었다. 세찬 바람이 연기 나지 않는
굴뚝에 부딪혀 우는 듯 소리를 내고, 파도 소리는 배음처럼
깊게 흐느끼고 있었다. 무척 흐린 날이었는데, 하늘과 발전소와
바다가 한 몸이 되어 그곳에 그렇게 있었다.
그런 이곳에서 지금 일본의 젊은이들이 바다를 즐기고 있다.
바다는 무심하다. 마음이 없는 대상에 감정을 이입하는 것은
부조리한 일일 터이다. 그러나 지금 후쿠시마는, 나아가
후쿠시마가 연해 있는 이 바다는 전 세계의 이목이 집중된
곳이다. 3·11 사태 이후 이곳의 오염수 방출로 지구의 전 해양이

방사능의 영향을 받을 것이라 하는 곳이다. 그런 이곳에서 각성 없이 일상의 행위를 즐기는 것은 단지 바다를 접한 그들에게만 영향을 끼치지 않는다. 이를 보고 함께 무심해지는 사람들이 생겨날 것이고, 이는 끊임없이 과거의 잘못을 지우려 하는 누군가의 행태에 편승하는 꼴이 될 터이다. 이런 무거운 생각이 끊이질 않는다. 과연 우리는 어디로 가고 있는 것일까.

¶

어제(11월 2일)는 사사키 준佐佐木淳 씨와 그 부인을 만났다. 사실 한국에서 이곳으로 오면서는 생각하지 않았던 일이다. 사사키 다카시佐佐木孝 선생이 돌아가셨다는 소식은 몇 년 전에 들어서 이미 알고 있었지만, 코로나19로 인해 3년이 넘도록 이곳에 오지 못한 터라 조문을 못 했다. 그의 아들 준 씨와는 예전에 여러 번 만났고, 선생과 함께 살던 준 씨 부부는 나를 집에 초대해 멋진 저녁 식사를 차려 주기도 했다. 사사키 선생의 바람이 섞여 있는 초대였겠지만, 부인의 훌륭한 요리 솜씨와 준 씨의 친절한 접대는 잊을 수 없다. 또 부부의 딸 아이愛짱은 어찌나 예쁘고 애교스러운지 모른다. 낯선 내게도 선뜻 마음을 내주고, 통하지 않는 말이지만 친근함을 표현해 주곤 했다. 그런 가족이다. 하지만 사사키 선생은 돌아가셨고, 그의 영정에 작별 인사를 해야 한다는 것이 싫었다. 이런 마음의 한구석에는 선생이 자신이 간호하던 아내를 남겨 둔 채 먼저 세상을 떠났다는 아이러니한 상황을 마주해야 한다는 사실이 있었을 것이다. 선생의 죽음 이후에 사모님 역시 곧 돌아가셨겠다고 홀로 짐작하면서, 슬픔이 고통으로 변할까 봐 미나미소마에 도착해서도 가지 않으려 했다.

그러다가 이곳에 온 지 사흘째인 11월 1일 저녁 식사를 하려고 하라노마치原ノ町에 있는 한식집을 찾았다. 이 가게는 예전에 몇 번 가 보았던 술집으로, 밥보다는 술이 우선인 곳이다. 그런데 그날은 식당 안에 아무도 없고 미닫이문 유리창 너머로 희고 차가운 불빛만 비치고 있었다. 말끄러미 식당

안을 쳐다보다가 갑작스레 밥 생각도 술 생각도 사라졌다. 이유는 알 수 없었는데, 창 너머로 바라보는 실내 모습이 예전과 너무도 똑같아서 그랬던 것이 아닌가 싶다. 발길을 돌려 호텔로 돌아가는데 불현듯 길에서 오른쪽으로 이어지는 작은 골목이 사사키 선생 댁으로 가는 길이라는 것을 깨달았다. 물론 여러 차례 오가던 곳이어서 웬만큼 익숙한 곳이기는 했지만, 올 때는 저녁녘 어둠 속이라 그랬는지 무심히 지나왔는데, 돌아가면서는 그 길이 내 기억을 파고든 것이다. 그 골목길을 스치듯 지나오면서 내일은 사사키 선생 댁을 방문해 내 나름대로 조문해야겠다고 마음먹었다. 그런데 이와 동시에 드는 생각이 있다. 죽음을 대하는 한·일 양국의 방식은 사뭇 다를 테고, 나는 일본인들의 조문 예절을 전혀 모른다. 내가 불쑥 찾아가 조문하는 것이 준 씨 부부에게 어떻게 비칠까 하는 걱정이 잠시 들었다. 그래도 하는 수 없었다. 한번 먹은 마음을 돌이킬 수는 없다. 내일 방문해야겠다고 다짐하며 호텔에 도착했다.

사사키 선생과의 인연은 아주 오랜 것은 아니지만 각별했다. 환대와 친절이 몸에 밴 선생이라 선뜻 자신의 가정에 나를 들였다. 그뿐 아니라 자기 삶의 여정을 내게 서슴없이 이야기해 주었고, 식사 자리에 다른 친구들을 불러 소개해 주는 것을 즐거워했다. 특히 선생은 이곳 미나미소마에서 일본, 중국, 한국 세 나라의 청년들이 함께 평화와 연대를 공부하고 노래하기를 희망했다. 그가 이런 꿈을 꾸게 된 것은 3·11 사태 이후인 듯싶다. 피차 잘 통하지 않는 영어로 대화한 것이어서 자신은 없지만, 나는 이렇게 이해했다. 사사키 선생의 중국인

며느리, 아들 준 씨, 그리고 3·11 이후에 만난 재일조선인 서경식 선생. 이 조합은 사사키 선생에게 매우 큰 영향을 준 듯하다. 내게 몇 번을 이야기하시기로, 어릴 적 미나미소마 밖으로 나갔다가 돌아올 때 멀리서 마을 한가운데 서 있는 높은 무선탑無線塔이 보이면 "아, 이제 집에 돌아왔구나." 하는 편안한 마음이 들었다고 한다. 그런데 3·11 이후, 후쿠시마에 살고 있는 소수민족과 이주민이 겪는 더욱 처절한 고통을 알게 되고, 또 자신에게 고향에 대한 자존감을 가져다주던 무선탑이 건설될 때 많은 조선인이 희생당한 사실을 비로소 깊이 알게 되었다고 한다. 이 깨달음은 그렇게 선생의 희망으로 발전했고, 선생의 죽음과 함께 사라져 버렸다.

　한국에도 소개된『원전의 재앙 속에서 살다』의 저자이기도 한 선생은 스페인 사상 연구자로, 도쿄의 몇몇 대학에서 교수를 하다가 2002년 할아버지가 지은 미나미소마의 고향 집으로 돌아왔고, 사고 당시 그 집에서 연로하신 어머니와 아내 요시코美子 씨를 간병하며 지내고 있었다. 그는 국가의 피난 지시를 거부하고 그곳에 그대로 머물면서 일상을 입에 물고 육체적 활동 범위를 집을 중심으로 반경 1km 이내로 줄이며 사태에 저항해 왔다. 이 시기의 기록을 담은 것이 위의 책이다. 그는 온몸으로 극단의 고통을 체험하면서도 환대와 친절을 무기로 삼았고, 이는 친구인 니시우치 선생과는 또 다른 모습이다. 이곳 미나미소마에 와 사진 작업을 하는 내내 도움을 주신 분이 니시우치 선생이다. 도착한 날부터 떠나는 날까지 함께하며 많은 애정 어린 도움을 주셨다.

사사키 선생이 돌아가신 후 마음이 무척 무거웠는데, 댁을 방문해 절을 올리고도 여전히 마음이 무겁다. 옆방에는 벌써 돌아가셨을 것이라 짐작했던 사모님이 누워 계신다. 과연 목숨은 하늘에 달린 것인가 보다. 건강하던 선생은 암으로 돌아가시고 치매로 선생의 돌봄을 받던 사모님은 여전히 살아 계시니 말이다. 인사를 드리려고 누워 계신 곳에 가니 코를 골며 주무시고 계신다. 사진을 찍어도 되냐고 준 씨에게 허락을 구하니 기꺼이 허락한다. 사실 사모님을 촬영하는 것이 윤리적으로 어떤 의미를 가지는지 잠시 머뭇거리기는 했지만, 생전의 사사키 선생으로부터도 허락을 얻었었거니와, 선생의 영혼과 아직 살아 계신 사모님의 모습을 함께 보는 것은 마지막이리라 생각하며 그렇게 했다. 하지만, 사모님은 전혀 괘념치 아니하고 약간 입을 벌린 채 주무시고 계셨다.

작별하려는데, 현관 신발장 위에 선생과 손녀 아이짱이 함께 있는 사진이 여타 추억이 담긴 물건들과 함께 비스듬히 놓여 있다. 들어올 때도, 그리고 점심에 처음 왔다가 준 씨 부부를 만나지 못하고 돌아갈 때도 보았던 장면이다. 선생은 돌아가셨지만 아들과 며느리와 손녀와 혼수상태의 아내는 여전히 선생이 남긴 그늘의 무게를 느끼고 있는 듯하다. 준 씨가 다가와 작은 책 한 권을 내민다. 이와나미岩波 문고로 나온 『대중의 반역』이다. 돋보기를 꺼내 쓰고 자세히 보니 호세 오르테가 이 가세트Jose Ortega y Gasset지음, 사사키 다카시 옮김이라고 되어 있다. 나중에 책 끝머리에 실린 준 씨의 글을 통해 알게 된 것이지만, 사사키 선생은 오르테가 이 가세트를 아주 존경했고 평생을 바쳐 그를 연구했다고 한다. 2006년에 이 책을 번역하기 시작해 2018년에 탈고했고, 돌아가시기 얼마 전인 같은 해 12월 15일 준 씨에게 출판을 부탁했다고 한다. 그동안 찾아뵐 때마다 겨울이고 여름이고 늘 작은방 구석에 놓인 컴퓨터 앞에 앉아 나를 맞이하던 선생이 떠오른다. 이제 알겠다. 반경 1km와 간병과 희망을 향한 나날의 절망과 네모난 디지털 입자의 거친 각角이 어떻게 선생을 할퀴어 버렸는지 말이다. 아이짱은 도쿄에 2박 3일 일정으로 공연을 보러 갔다고 한다. 벌써 열다섯 살이나 되어 버린 아이짱을 만나지 못하고 검은 밤 속으로 비척거리며 나왔다. 전날 비가 스친 도로는 밤이 되니 공기를 차갑게 내려 앉힌다. 삶과 죽음, 그리고 그 경계를 한꺼번에 만나고 돌아가는 발이 차다. 그래도 술은 참았다.

¶

서서히 열차가 달리기 시작하자 4박 5일 동안 미나미소마에서 보고 느낀 것이 머릿속에 밀려든다. 무엇보다 희망 목장에서 작별하고 온 소들의 모습이 지워지지 않은 채 뇌리와 눈앞에 선명하게 떠오른다. 배 밑까지 똥 더미에 빠진 채 먹고 있는 배추와 풀은 이미 밟고 선 똥보다 건강할까. 특히 그 풀은 붉은색 숫자가 적힌 베이지색 1톤 백에 담겨 길옆에 잔뜩 쌓여 있었던 것이다. 나는 안다. 그 풀이 어디서 왔는지, 얼마나 위험한지를. 미나미소마를 중심으로 수 킬로미터 내의 논밭에는 두 가지만 있다. 하나는 태양광 패널이고 다른 하나는 객토를 비롯한 공사 현장의 모습이다. 그리고 여기에는 제초가 뒤따르는데, 풀이 이미 머금은 방사능은 씻어 낼 수 없고, 그 방사능과 함께 잘려 1톤 백에 담긴 것이고, 이를 소들이 먹고 있는 것이다. 이것은 소들에게 위험한 일이 아닐까? 요시자와 씨는 윤리적으로 나쁜 사람일까? 자신의 신념과 목적을 위해 '죽임'을 거부한 것은 잘한 일일까? 혹은 가혹한 일일까? 소들은 지금 행복할까? 소들에게 적절하지 않은 먹이를 제공하고 생존하도록 하는 것은 어떤 의미일까? 우리는 요시자와 씨를 어떻게 보아야 할까? 그가 상한 호박과 방사능 머금은 풀을 먹이로 주는 것을 잘못된 일이라 비난할 수 있을까? 저 소들이야말로 인간의 과오를 증명해 줄 마지막 증언자일 텐데, 그 노고에 대한 보답은 무엇일까? 어쩌면 이런 내 생각이 잘못일지도 모른다. 하지만 이 부조리한 상황에 직면해, 카뮈Albert Camus가 해내려 애쓴 '극복'과 '저항'처럼, 결국 반항하며 그렇게 다시 굴러 내려온 돌을 산 위로 밀어 올리면서 삶의 자부심을 느끼는 것이 최선이 아닌가 하는 생각이 든다. 그리고 신이 준 형벌을 우월한 성실로 받아들이는 일이야말로 최선의 거부이자 반항이자 자부심이라는 생각이 그 위를 덮는다.

　나 자신을 향한 끊임없는 질문과 서투른 답변이 차창에 스치는 풍경 덩어리와 함께 내 뇌리를 덜컹거리며 흔들고 있다. 한동안 아무것도 못 할 듯하다. 간절하게 쓰카타 이사장을 만나고 싶다. 그는 내게 모든 것을 다 알고 있는 듯한 표정으로 친절하게 술을 권할 것이고, 나는 사양하지 않을 것이고, 취할 것이다.

　이윽고 기차는 시라카와역에 도착했다. 역은 자그마했고, 마중 나온 오바라 선생과 오부치 관장의 반가운 얼굴이 기차 안에서 되새기던 무거운 생각으로부터 탈각하게 해 줬다. 드디어 아우슈비츠평화박물관에 도착해 쓰카타 이사장을 뵈었다. 박물관 앞 야외 나무 탁자에 함께 둘러앉아 내가 한국에서 가지고 온 작은 선물을 드렸다. 그러자 쓰카타 이사장은 예의 큰 술병의 일본주를 내오시며 말했다. "자, 그럼 우리 함께 마셔 볼까요."

　그날 정말로 우리는 취했다. 나도, 오바라 선생도, 쓰카타 할아버지도 함께!

재난의 표상 (불)가능성

서경식 × 정주하

1.

2011년 3월 11일, 일본의 도호쿠東北 지방을 천 년에 한 번 온다는 대지진과 쓰나미가 덮쳤고, 다음 날, 후쿠시마현에 있는 도쿄전력 제1원자력발전소에서 수소폭발이 일어났다. 그 후 노심용융meltdown이라는 '대참사'가 일어났고, 십수 만 명이 고향을 버리고 피난하게 되었다.

2.

2011년 3월 20일
어제는 맑게 갠 좋은 날씨였다. 나는 F와 함께 도쿄 시내에 가 보기로 했다. 내가 사는 K시에서 도쿄 도심까지 가는 데 전철로 한 시간쯤 걸린다. 집에서 K시의 역까지는 걸어서 15분 정도 거리다. 바람은 차가웠으나 어느 사이엔가 매화가 피고 벚꽃 봉오리가 부풀어 봄이 왔음을 알리고 있었다. 서로 몸을 기대듯이 하고 산책하는 고령의 부부가 스쳐 지나간다. 길옆 풀밭에서 유치원 아이들이 동그랗게 무리 지어 제비꽃과 튤립을 심고 있다. 선생님의 구호에 따라 손을 잡고 마음껏 소리치며 동요를 부른다. 언제나 변함없는 평화로운 풍경이다. 하지만 나는 이 풍경이 내일, 아니 바로 다음 순간 아비규환의 아수라장으로 바뀌지 않을지 내심 긴장하고 있다.
전철은 의외로 비어 있었다. 조명이 꺼진 역은 어둑했다. 행인도 부쩍 줄었다. 모두 말이 없었다.

　나는 한국 대사관에 볼일이 있었다. F가 동행할 필요는 없었지만 이런 때는 가능한 한 떨어지지 않는 게 좋다고 생각했다. 급한 용건은 아니었으나 나온 김에 도쿄 시내와 대사관의 모습을 봐 둬야겠다는 생각도 있었다. 대사관에 들어가 보니 그리 넓지 않은 대기실이 사람들로 꽉 차 있었다. 대부분 임시 여권을 발급받으러 온 사람들인 듯했다.

　일본에서 태어난 재일조선인(한국 국적인 경우)이나 일본인과 결혼한 한국인의 자녀들은 한국 여권을 갖고 있지 않은 경우가 많다. 내 앞에 줄을 선 한국인 여성은 고등학생 정도로 보이는 아들의 여권을 신청했다. 그 앞의 남성은 일본인인 듯했는데, 한국인 아내와의 사이에 난 아이의 여권을 신청할 모양이었다. 한국어를 못해 힘든 모양이었다. 휴대전화로 아내에게 "출생신고는 언제 했지? 사람들이 많이 기다리고 있어서 아직 멀었어."라고 이야기하는 소리가 귀에 들어온다. 모두가 "될 수 있으면 빨리 받을 수 있는 걸로" 임시 여권을 신청했다. 한시라도 빨리 일본을 떠나려는 것이다. 한국인들은 굼뜬 편이다. 독일이나 프랑스는 이미 자국민에게 이동을 권고했다. 내 지인들만 봐도 이미 몇 명이 황급히 일본을 떠났다.

　오랜만에 도쿄 시내에 나온 터라 외식이라도 할까 했으나, 언제 전철 운행이 멈추고 교통대란이 일어날지 모른다는 생각에 귀가를 서둘렀다. 도중에 우리는 대형 가전제품 매장에 들렀다. 혹시 배터리를 살 수 있을까 해서였다. 역시 배터리는 다 팔리고 없었으나 그 대신 프로판가스 곤로와 가스통을 샀다. 뜻밖의 행운이었다. 이제는 정전이 길어져도 물을 끓이거나 밥을 할 수 있게 됐다. 가전 매장에서 집으로 가는 지역 일대는 정전 중이어서 짐을 들고 한 시간 정도를 걸었다. 이미 도쿄의 슈퍼에서는 배터리뿐 아니라 생수, 쌀, 빵, 라면 등이 모습을 감췄다. 주유소에는 급유 순서를 기다리는 자동차 행렬이 길게 늘어서 있었다. 사람들의 표정과 말투는 기묘할 정도로 평온하지만, 이 정도면 이미 의심할 여지 없는 공황 상태다.

　폭발을 거듭하며 통제 불능 상태에 빠진 원자력발전소에 경찰과 소방차가 물을 끼얹고 있다. 정부와 전문가들은 "어떻게든 냉각시키지 않으면 큰일 난다."라고 떠들어 대지만, 그 "큰일"이 무엇인지 자세히 설명해 주지는 않는다. 자신들도 잘 모르거나, 겁에 질려 말이 안 나오기 때문일 것이다.

"이것은 천재가 아닌 인재"라며 간 나오토 정권의 무능을 비판하는 목소리가 계속 들려올 지경이 되었다. 나도 그렇게 생각하지만, 자민당 정권이라면 좀 더 잘했을 것이라고는 생각하지 않는다. 특히 원전 사고는 자민당 장기 집권 시절의 쌓이고 쌓인 병폐가 마침내 최악의 형태로 분출한 것이기 때문이다. 어느 쪽이 되었건 일본 정치에 큰 기대를 품고 있지는 않다. 기대가 너무 크면 그 틈을 노리고 파시즘이 대두할지도 모른다. 그럴 가능성이 작지 않다고 나는 생각한다.

최종적인 사망자 수는 수만 명에 이르지 않을까. 전쟁을 예외로 하면 일본 사회가 일찍이 경험한 적 없는 대량 사망이 진행되고 있다. 구원의 손길은 피해지에 가닿지 못하고 텔레비전은 도호쿠 지방 이재민들의 말 없는 모습을 공허하게 비출 뿐이다.

다른 한편에서는 원전이 언제 파국을 맞아도 이상하지 않은 줄타기가 이어지고 있다. 일본 정부와 도쿄전력이 원전 피해를 지나치게 소극적으로 발표한다는 의혹이 날로 짙어지고 있다. 잠잠하던 언론까지 정부와 도쿄전력에 대해 비판의 강도를 높이고 있다. 원전으로부터 반경 100킬로미터 안에 있는 센다이仙台시에서 지진 피해를 당한, 내가 아는 젊은 벗은 '안전'을 강조하는 정부와 도쿄전력의 발표를 믿고 아이를 위험에 노출시킬 수는 없다는 결심으로 이미 사흘 전에 야마가타현을 거쳐 간사이 지방으로 탈출했다. 그는 센다이에 남은 사람들, 특히 자녀가 있는 가족들을 피난시키기 위해 동분서주하고 있다.

외국의 내 지인들은 구체적인 논평이나 수치를 대면서 한시라도 빨리, 가능한 한 서쪽으로 피신하라는 충고를 메일로 보내오고 있다. 광주의 S 교수는 살 집을 마련해 둘 테니 서둘러 한국으로 건너오라며 친절한 연락까지 해 왔다. 그러나 나와 F는 의논 끝에 이곳을 떠나지 않기로 결정했다. 물론 앞날을 낙관하기 때문은 아니다. 나만 도망가는 게 미안하다거나 곤란에 처한 사람들을 위해 일하고 싶다는 생각을 갖고 있어서도 아니다. 지금 내 기분을 정확하게 표현하기는 어렵다. 다만 나치가 대두한 뒤 홀로코스트의 위기가 임박한 것을 피부로 느끼면서도 망명하지 않았던(또는 망명할 수 없었던) 유대인들을 거듭 떠올리고 있다.

집에 돌아와 창밖을 보니 전기가 끊어진 거리는 어둡게 가라앉았고, 그 상공에

검붉은 노을이 하늘을 가로지르고 있다. 그걸 보고 "예쁘기도 해라."라고 F가 말했다. 나는 오히려 불길한 색이라고 생각했다. 잠시 망설이다 그 생각을 말했더니 "불길한 건 예뻐요."라고 F는 답했다.

3.

나는 사고 3개월 후인 2011년 6월, 피해지역을 처음으로 방문했다. 그리고 11월에는 한홍구 교수와 다카하시 데쓰야 교수와 함께 후쿠시마현의 원전사고 피해지역을 돌아보았다. 그 여행에 사진작가 정주하 작가도 동행했다.

4.

2011년 11월 18일

숨을 삼킨다는 게 이런 걸까. 국도에서 샛길로 빠져 가파른 비탈길을 올라가자 돌연 눈앞에 작은 분지가 펼쳐졌다. 주위를 에워싼 산들은 화사한 단풍으로 물들어 있었다. 어젯밤부터 내린 비는 그쳤으나 하늘에는 구름이 겹겹이 흘러가고 있었다. 낮은 쪽 구름은 엷은 먹빛, 높은 쪽 구름은 솔로 싹 쓸어 낸 듯 희다. 강풍에 날려 가던 구름의 갈라진 틈새로 화살 같은 햇빛이 대지에 내리꽂힌다. 바람이 나뭇가지를 요란하게 흔들자 붉고 노랗게 물든 잎이 어지럽게 춤춘다. 신화 세계의 광경이다.

양계장 같은 건물이 있었다. 닭장 안에는 분명 닭들이 있었다. 그런데 기묘하게도 잠잠하다. 닭도 울지 않는 걸까. 소형 자동차 한 대가 달려와 우리 옆을 스치듯 지나가더니 저 앞에 멈춰섰다. 운전하던 사람이 차에서 내려 지그시 이쪽을 바라보며 서 있다.

양계장 주인일까. 만약 그렇다면 다가가서 인사라도 하고 말을 걸어 봐야겠다고 생각했다. 그러나 그는 저만치 버티고 선 채 꼼짝하지 않았다.

우리는 차를 돌려 분지의 더 안쪽으로 들어갔다. 이윽고 목장이 나타났다. 소 몇 마리가 풀을 뜯고 있었다. 우리는 차에서 내려 각자 카메라를 들고 사진을 찍기 시작했다. 찍으라고 하지 않아도 찍지 않고는 배길 수 없는 광경이었다. 잠시 뒤 농가에서 경차 한 대가 나오더니 우리 곁에 브레이크 소리를 내며 멈췄다. 차에서 내린 사람은 20대 후반 정도의 호리호리한 청년이었다. 목장을 물려받은 사람일까.

"당신들 누구십니까……."라고 그는 입을 열었다. 시비조는 아니었으나 꽤 가시돋친 말투였다. "허락 없이 사진 찍지 말아 주세요. 사람이 살고 있는 곳입니다."

"아, 이거 실례했습니다."라고 나는 정중히 사과했다. "나는 도쿄의 대학에서 가르치는 사람입니다. 한국에서 온 손님들을 안내해 원전 사고 피해지를 조사하고 있습니다." (…) "조사인지 뭔지는 모르겠습니다만", 목장 젊은이는 불신감을 드러내며 말을 이었다. "여기 사는 사람은 견딜 수가 없어요. 계속 찾아와서는 찰칵찰칵 사진을 찍어 댈 뿐 우리에게 해 주는 것은 아무것도 없지 않습니까……."

"지당하신 말씀입니다. 죄송합니다. 바로 물러가겠습니다."

나는 다시 정중하게 머리를 숙였다. 청년이 짜증을 낸 것도 무리는 아니다. 사고 후 7개월이 지났는데도 책임자는 사죄하지 않았으며, 보상도 구체화된 것이 없다. 게다가 도시에서 온 사람들은 사태 초기의 심각성을 망각하기 시작했고, 정부와 재계는 원전을 재가동하는 방향으로 움직이고 있다.

6월에는 이 지역에 살던 한 낙농업자가 자살했다. 원전 사고 탓에 매일 생산하던 우유를 출하할 수 없게 되어, 우유를 짜서 그냥 버리는 나날이 한 달간 이어졌다. 빚을 내 지은 새 퇴비 창고 벽에 분필로 "원전만 없었더라면"이라 써 놓고는 목을 맸다. 빚과 필리핀인 아내, 아이 둘을 남겨 두고.

5.

자살한 축산농민의 아내와 자식들은 앞으로 어떻게 살아갈 것인가, 이 아름답고 가난한 땅에서 계속 살아갈까? 그렇지 않으면 어디로 가서 어떻게 살아갈 것인가?

료젠을 떠날 때쯤 하늘은 맑게 개었다. 장엄한 신화적 광경 속에서 사람들의 고뇌는 나날이 쌓여 간다. 농가 마당에는 가지가 휠 만큼 많이 매달린 감이 만추의 햇빛을 가득 받아 조용하게 빛나고 있었다. 수확을 해도 상품으로 출하할 수 없기에 그대로 둔 것이라 했다.

이러한 현실을 사진으로 찍는 일은 힘든 작업이다. 어떤 의미에서는 죄가 많은 일이라고도 할 수 있다. 사람들의 고뇌를 상품화하여 소비하는 일이 될 수도 있기 때문이다. 정주하 선생은 그 젊은이의 항의를 어떻게 들었을까? 그리고 작업으로 어떻게 응답할 것인가? 나는 그런 것들이 마음에 걸렸지만 입 밖으로 내지는 않았다.

6.

"이 시계, 아직 움직여요. 전지가 남아 있는 건지, 아니면 누군가가 태엽을 감아 놓은 건지……" 그러면서 그는 사진 한 장을 보여 주었다. 후쿠시마현 미나미소마시의 노인 요양 시설 벽에 걸린 시계가 찍혀 있었다. 벽에는 바닥에서 1.5미터쯤 위로 선이 그어져 있고 선 아래는 검게 변색되어 있다. 지진해일이 덮친 흔적이다.

나는 동일본대지진과 후쿠시마 제1원자력발전소 사고 3개월 뒤인 지난해 6월 처음으로 그곳을 찾았다. 그 장면은 NHK의 〈마음의 시대—후쿠시마를 걸으며〉라는 프로그램으로 방영됐다. 사고 발생 뒤 10개월, 내가 처음 방문한 뒤 7개월. 많은 목숨을 빼앗긴 그곳은 그때의 폐허 그대로였고 벽의 시계는 변함없이 시간을 재고 있었다.

7.

일본에 있는 나에게 정주하 선생이 몇 점의 작품을 보내왔다. 이 사진집에 넣을 작품의 일부이다.

한눈에 보고 나는 어떤 특징을 깨달았다. 내가 본 것에 한하여, 그의 작품에는 인물이 전혀 찍히지 않았다. 〈불안, 불-안〉과 커다란 차이가 있다.

조선학교의 운동장, 가이바마의 해안, 양로원의 벽, 비단옷을 몸에 두른 료젠의 산과 들에 이르기까지, 그려진 광경은 모두 장렬할 정도로 아름답지만 그럼에도 불구하고 어딘가 공허하다. 말 그대로 내가 현지에 설 때마다 느끼는 그 감각. 현실만이 가지는 비현실감이 여기에 담겨 있다. 방사능이라는 눈에 보이지 않는 것을 찍는다는, 어떤 의미에서는 불가능하다고 여겨지는 작업에 그는 이런 형식으로 도전한 것이다.

'부재의 표상'이라는 개념이 있다. 20세기 후반 제2차 세계대전에 의한 파괴와 나치의 유대인 대학살을 거친 뒤에 예술은 어떻게 가능한가 하는 물음, 다시 말하면 "아우슈비츠 뒤의 예술은 어떻게 가능한가?"라는 물음에 답하고자 하는 개념이다.

파괴와 학살의 참혹한 현장을 아무리 리얼하게 표상하고자 해도, 그것이 그대로 보는 자의 마음을 반드시 흔든다고는 장담할 수 없다. 오히려 참혹하면 할수록, 혹독하면 할수록 많은 사람들은 눈을 돌리든가 아니면 본 척만을 하고 지나치려 한다. 그리고 근거 없는 낙관론에 매달리려 한다. 후쿠시마 이후 넓게 일어나고 있는 현상이 바로 이것이다.

그런 경향에 저항하고자 할 때 표상에 관여하는 자에게 가능한 방법은 무엇인가? 그 하나의 답변이 '부재의 표상'이다.

8.

후쿠시마에 갈 때마다 기묘한 감각에 사로잡힌다. '현실만이 지니는 비현실감'이라고나 해야 할까. 이미 결정적으로 손상당했고 지금도 계속 위협에 노출된 환경. 그 속에서도 사람들은 얼핏 아무 일도 없었던 것처럼 살고 있다. 현실 그 자체를 바라보고 있는데도 그것이 매우 비현실적으로 생각된다는 것인데, 그것이 바로 방사능 재난의 특질이 아닐까. 요컨대 방사능 재난은 우리의 감각이나 상상력의

원근법에 도전한다.

나는 '동심원의 패러독스'라는 것을 떠올렸다. 텔레비전이나 신문에는 후쿠시마 제1원전을 중심으로 반경 20, 30, 100킬로미터의 동심원들이 곧잘 등장한다. 예컨대 센다이는 약 100킬로미터, 도쿄는 약 200킬로미터 떨어져 있으며, 그 거리에 따라 위험도가 높기도, 낮기도 하다는 이야기다. 도쿄에 사는 나의 상상력은 피해지 주민들이 경험하는 불안에 닿지 못한다. 오사카나 규슈 사람들의 상상력은 훨씬 더 닿기 어렵다. 한국이라면 더더욱 그럴 것이다. 즉 방사선량뿐 아니라 상상력 역시 동심원적으로 멀어진다는 역설이 나타나는 것이다. 동심원 중심에 가까운 사람들은 공포와 불안에 대한 실감이 그만큼 강하다. 그렇기에 "편리한 진실"(프리모 레비)을 찾아내서 거기에 매달리는 심리가 작동한다.

재난의 중심에서 멀리 떨어져 있는 사람들이 중심을 향한 상상력을 발휘하지 못하고, 중심 가까이에 있는 사람들이 현실에서 눈을 돌리면 사태의 본질을 냉철하게 인식해 재발을 방지하는 일은 불가능하다. 지금 진행되고 있는 것이 바로 그런 사태이다. 우리는 이 '동심원의 패러독스'를 의식해서 중심과 먼 사람들일수록 중심을 향한 상상력을 갈고닦고, 중심에 가까운 사람들일수록 엄혹한 현실을 더욱 직시하는 용기를 가져야 한다. 대단히 어려운 일이지만 눈앞에서 벌어지는 사태가 우리에게 그것을 요구하고 있다. 상상력이 시험받는 것이다.

9.

폼페이의 소녀

인간의 고뇌란 모두 나의 것이니
아직도 생생하게 체험할 수 있다, 너의 고뇌를,
말라빠진 소녀여,
너는 부들부들 떨며 어머니에게 매달려 있구나

다시 그 몸속으로 들어가버리고 싶다는 듯이
한낮에 하늘이 암흑이 되었던 때 말이다.
기막힌 일이었어, 공기가 독으로 변하더니
닫힌 창에서 너를 찾아내, 스며들었지
단단한 벽으로 둘러싸인 너의 조용한 집으로
네 노랫소리 울리고, 수줍은 웃음으로 넘치던 그 집으로
기나긴 세월이 흐르고 화산재는 돌이 되고
너의 어여쁜 사지는 영원히 갇혀버렸다.
이렇게 너는 여기 있다. 비틀린 석고 주형이 되어
끝이 없는 단말마의 고통, 우리들의 자랑스러운 씨앗이
신들에겐 아무런 가치도 없다고 하는, 끔찍한 증언이 되어.
그러나 너의 먼 누이동생 것은 아무것도 남아 있지 않구나
네덜란드의 소녀란다, 벽 속에 갇혀버렸으나
그래도 내일 없는 청춘을 적어 남겼다.
그녀의 말없는 재는 바람에 흩날리고
그 짧은 목숨은 먼지투성이 노트에 갇혀 있다.
히로시마의 여학생 것도 아무것도 없다.
천 개의 태양 빛이 벽에 아로새긴 그림자, 공포의 제단에 바쳐진 희생자.
지상의 유력자들이여, 새로운 독의 주인이여,
치명적인 천둥의, 은밀하고 사악한 관리인들이여,
하늘의 재앙만으로 충분하다.
손가락을 누르기 전에 멈추어 생각하는 것이 좋을 거야.

프리모 레비가 화산 분화로 파괴된 도시인 폼페이—그곳은 지금도 희생자들이 화석이 되어 남아 있습니다—에 가서 죽은 소녀의 화석을 보며 느낌을 쓴 시입니다. '먼 여동생'은 안네 프랑크를 가리킵니다. 홀로코스트의 희생자로 네덜란드 암스테르담의 은신처에 있다가 결국 강제수용소로 연행되어 그곳에서 목숨을 잃은

소녀이지요. 그리고 '히로시마의 여학생'이란 원폭자료관에 그 흔적이 사진으로 남아 있는데, 원폭 섬광에 타버려서 모습이 완전히 사라지고 돌바닥에 흔적만 남은 사람입니다.

즉 프리모 레비는 본인이 아우슈비츠를 경험했을 뿐 아니라, 2,000년 전 화석을 보며 홀로코스트와 연결짓고, 홀로코스트를 히로시마와 연결지을 수 있는 사람이었습니다. 그 같은 상상력의 확대 속에서 고통을 함께 나누려는 것입니다. 그런 사람이 '지상의 유력자들이여, 새로운 독의 주인이여.'라고 말합니다. 이들은 핵무기 소유자들이지요. 그리고 '하늘의 재앙만으로 충분하다.'라고도 합니다. 말 그대로 지진, 쓰나미만으로도 이미 차고 넘친다, 왜 그 이상의 짓을 하는가 묻는 것입니다. 프리모 레비는 이번 일이 있기 훨씬 전에 스스로 목숨을 끊었습니다만, 그의 상상력은 오늘날의 후쿠시마에까지 미치고 있는 것 같습니다.

이 시가 우리에게 묻고 있는 것은 바로 그 상상력이라고 생각합니다. 앞서 말한 것처럼 '일본의 일', '도쿄의 일' 혹은 '과거의 일과 무관한 지금의 일'이라는 한정된 상상력이야말로 우리 자신을 작게 만들고 '은밀하고 사악한 관리인들'을 더욱 만연케 합니다. 그 상상력을 함양하기 위한 중요한 근본 수단은 예술이고, 또한 타자와의 대화입니다. 자신들과는 다른 문맥에서 다른 감수성을 가지고 있지만 같은 위험에 노출된 사람들과 만나서 이야기함으로써, 위축된 상상력이 자극을 받고 열려가는 것입니다.

―――――――――――

1. 『다시 후쿠시마를 마주한다는 것』, 반비, 2016, 49쪽

2. 『어둠에 새기는 빛』, 연립서가, 2024, 215~219쪽

3. 『다시 후쿠시마를 마주한다는 것』, 49~50쪽

4. 『어둠에 새기는 빛』, 220~222쪽

5. 「정주하 사진집 『빼앗긴 들에도 봄은 오는가』에 부쳐」, 『정주하 WORKS and CRITICS 1982-2012』, 한스그래픽, 2012, 161쪽

6. 『어둠에 새기는 빛』, 240~241쪽

7. 「정주하 사진집 『빼앗긴 들에도 봄은 오는가』에 부쳐」, 163, 165쪽

8. 『어둠에 새기는 빛』, 227~228쪽

9. 『다시 후쿠시마를 마주한다는 것』, 97~100쪽

편집 후기

1.
사진+소설
⟨파라-다이스⟩, 「검은 소」, 「마지막 숨」

 정주하는 드넓은 평원 위에 한가로이 쉬거나 걷는 소들을 사진에 담았다. 낙원인가 싶은 그곳에는 자의든 타의든 죽음을 거부한(혹은 거부당한) 존재들이 유령처럼, 불사신처럼 어슬렁거린다. 2000년대 후반부터 ⟨불안, 불-안⟩이라는 제목으로 고리, 영광 등지의 '핵 발전소'를 찍어 온 정주하는 2011년 3월 11일의 원전 사고 이후 매년 후쿠시마에 발을 들였다. 2015년부터는 피폭된 소들을 자연사할 때까지 돌보기로 한 미나미소마의 '희망 목장'을 찾았다.
 소들을 찍은 연작에 작가가 붙인 제목은 '파라-다이스'. '거부' 혹은 '확장'(-을 넘어)이라는 의미를 가진 그리스어 접두사 '파라(para-)'에 '죽음'(dies)을 결합했다. 피폭으로 살처분 명령이 내려졌지만 생명을 얻게 된(죽음을 거부하거나 넘어선)

소들의 역설적인 파라다이스가 펼쳐진다. 인간의 과오로 고기가 될 운명에서는 벗어났지만 인간 세상에서는 거부(추방)당한 아이러니. 정주하가 포착한 '파라-다이스'는 방사능 누출로 십수만 명이 집을 버리고 떠나야 했던 인간이 잃어버린 낙원과도 겹쳐 보인다.

우리는 이 '역설적 낙원'의 이미지가 텍스트와 어떻게 만날 수 있을지를 고민하며 소설이라는 장르를 택했다. 세계를 구성하고 있는 요소(언어와 이미지)를 절취하여 또 다른 세계를 구성한다는, 소설과 사진의 공통점을 생각했기 때문이다. 그러니 이 책은 외형상 '사진소설(photonovel/photo-roman)'로 볼 수 있겠지만, 우리는 단순한 결합이 아닌 경합을 바랐다. 이미지와 텍스트가 충돌하면서도 서로를 보완하며 "존중하는, 그러나 치열한 대결을 펼치는"[†] 생생한 장으로서. 이곳에 초대받은 소설가는, 여전히 "분노자본을 간직한 몇 되지 않는 현직 작가"[‡]로 평가받는 백민석과, SF라는 장르를 통해 과거와 현재를 돌이켜 보는 황모과다. 사진 〈파라-다이스〉와 소설 「검은 소」, 「마지막 숨」은 마주 보며 서로를 비춘다.

사진 속 검은 소는 유령처럼 배회하는 모습으로 불안함을 안기기도 하지만, 때로는 따사로운 햇볕을 쬐는 모습으로 여유로움을 선사하기도 한다. 핵 발전소에서 생산된 전기를 나르는 송전탑을 짊어진 고단한 모습이었다가, 이렇게 유예된

[†] 「신형철의 '지금, 이 문장'」, 『한겨레』, 2025. 3. 14.
[‡] 김형중, 「무표정하게 타오르는 혀: 백민석의 『혀끝의 남자』에 대하여」, 『후르비네크의 혀』(문학과지성사, 2016)

생명도 언젠가는 스러질 것이라 말하는 듯 저편으로 투명하게 사라지기도 한다. 비현실적인 상황을 보여 주는 사진처럼 소설 역시 실재와 환상, 현실과 미래를 오가며 전개된다. 살처분을 모면한 소가 불로불사의 존재가 되어 말을 하거나(황모과, 「마지막 숨」), 2023년 제2원자력발전소마저 녹아내렸다는 설정으로 더욱 가혹해진 환경 속에 내던져진 소수자의 삶을 보여 준다(백민석, 「검은 소」). 독자는 소설 속 재난과 디스토피아적 상황을 머릿속으로 그리며, 불사신처럼 떠도는 검은 소의 사진과 함께 각자의 세계를 만들어 나간다.

2.
에세이+사진
「미나미소마 일기」

1부의 소설 속 잿빛 세상과 흑백사진을 지나면 '컬러'로 바뀌면서 〈파라-다이스〉 연작의 작업 노트인 「미나미소마 일기」가 시작된다. 여기서 주목되는 것은 정주하가 쓰고 찍은 글과 사진, 텍스트와 이미지 사이의 큰 낙차다. 컬러 사진을 넘기다보면 화창한 날씨의 바닷가에서 서핑을 즐기는 사람들, 목장 직영의 소프트아이스크림 가게와 같은 한가로운 일상이 펼쳐진다. 하지만 텍스트로 돌아와 그곳이 후쿠시마 원전에서 그리 멀지 않은 지역이라는 정보가 들어오면 균열이 일어난다. 과거의 비극이나 재난을 망각하고자 하는 국가 정책은

완전하게 성공한 것인가. 방사능으로 오염된 바다에서 서핑을
즐기며 웃는 사람들은 망각을 통해 쉽게 행복을 얻은 것인가.
수많은 질문과 의문 속에서 우리는 갑자기 현실을 능가하는
초현실의 세계로 끌려간다. 조금 전까지도 평범해 보이던
사진이 일순 일그러져 보이거나, 무색무취의 방사능이 역한
냄새를 뿜어내는 듯 느껴진다면 눈에 보이지 않는 방사능을
찍고 기록하려는 사진가의 도전은 성공한 것인지도 모른다.

3.
재난의 표상 (불)가능성

『파라-다이스』는 2023년 가을, 재일조선인 작가 고故
서경식의 제안으로 시작되었다. 하지만 그해 12월 전해진
갑작스러운 비보와 함께 '서경식 기획'으로 기록될 마지막
책으로 남았다. 2011년 천재와 인재가 겹쳐 일어난 도호쿠 지방의
사태는 서경식에게 늘 '지금, 여기'의 문제였다. 그는 사고 후
3개월이 지난 시점부터 재난 지역을 방문하고 글과 강연을
통해 후쿠시마와 핵 문제에 관해 꾸준히 발언해 왔다. 아울러
정주하의 후쿠시마 사진 프로젝트를 제국주의와 식민주의,
마이너리티(재일조선인과 오키나와 주민) 문제까지 연동시켜
《빼앗긴 들에도 봄은 오는가》전을 기획하기도 했다. 이 전시는
후쿠시마와 도쿄, 교토, 오키나와, 서울 등지에서 일곱 차례
순회전으로 실현되었다.

안타깝게도 기획자 서경식의 글은 실을 수 없게 됐지만, 동일본대지진이 일어나고 일주일 후에 그가 쓴 에세이 「기묘한 평온, 공황의 다른 모습」을 재수록하고 관련 글을 발췌하여 정주하의 사진과 병치하는 지면을 마련했다.

우리는 『파라-다이스』를 준비하는 동안 서경식의 1주기를 맞아 2011년부터 2023년까지 그가 신문에 연재한 칼럼을 묶은 『어둠에 새기는 빛: 서경식 에세이 2011-2023』을 펴냈다.

이 책은 이렇게 끝을 맺는다.

"우리 역시 승산이 있든 없든 '진실'을 계속 이야기하지 않으면 안 된다. 엄혹한 시대가 시시각각 다가오고 있다. 하지만 용기를 잃지 말고, 고개를 들고 '진실'을 계속 이야기하자. (…) 세계 곳곳에 천박함과 비속함을 거부하는, 진실을 계속 이야기하는 사람들이 존재한다. 그들이야말로 우리의 벗이다."

총 4부로 구성된 『어둠에 새기는 빛』의 세 번째 챕터 제목은 「후쿠시마 이후를 살다」이다. 동일본대지진 이후의 방사능 문제는 서경식에게 현재진행형이자 계속 이야기해야 할 진실이었다.

작업 일지

2023년 11월 6일 박대성 디자이너와의 미팅 중 서경식 선생의 전화를 받다. 후쿠시마를 거쳐 나가노의 자택을 방문한 사진가 정주하 작가와 함께 있다고 했다. 살처분 명령을 거부한 피해 지역의 목장, 그리고 그 소를 찍은 사진 이야기. "후쿠시마의 소 사진이 너무 대단해요." 서경식 선생의 파트너 후나하시 유코 선생의 조금 흥분된 목소리가 수화기 너머에서 전해졌다. 이 사진을 책으로 묶는 것이 가능한지를 묻는 서경식 선생에게 정주하 작가를 만나 보고 다시 연락드리겠다고 답하다.

2023년 11월 15일 서울 고속버스터미널에서 정주하 작가를 만나다. 희망 목장의 검은 소와 칡덩굴 사진을 보며 〈파라-다이스〉 연작에 관한 설명을 듣다. 일반적인 사진집 형식을 취하지 않고 다른 영역의 예술이 서로 마주 보게 하면 어떨까, 그 공간에서 독자는 더 많은 걸 보지 않을까 하는 제안을 드리다.

2023년 11월 16일 서경식 선생과 통화하다. 사진과 소설을 함께

엮는 구성에 관해 상의하다. 정주하 작가의 사진과 핵 문제에
관한 발문 형식의 에세이를 부탁하자 흔쾌히 수락하다.

2023년 11월 27일   정주하 작가가 후쿠시마의 현재를 이해하는 데
보탬이 되지 않을까 하는 마음으로 최근 여정을 기록한 「미나미소마
일기」를 보내오다. 2013년 그가 쓴 같은 제목의 에세이와 나란히 놓고
읽으며 현재진행형인 후쿠시마의 방사능 문제는 일본 도호쿠 지역에
국한된 문제가 아니라는 사실을 다시 확인하다.

2023년 12월 5일   정주하 작가에게 「미나미소마 일기」를 읽은
감상과 함께 책의 구성안과 필진에 관한 이메일을 보내다.
사진 연작 〈파라-다이스〉와 에세이를 통해 이미지와 텍스트가
서로를 비출 수 있는 책이 되는 방안을 함께 고민하기로 하다.

2023년 12월 15일   서경식 선생과 통화. 책에 함께
참여할 소설가로 인천 디아스포라영화제에서 인연을
맺은 황모과 작가를 제안하자 반가워하다.

2023년 12월 18일   서경식 선생, 나가노에서 72세로 타계하다.

2023년 12월 21일   나가노현 지노시에 열린 장례식에 참석하다.

2023년 12월 23일   장례식을 마치고 돌아오는 길에 정주하 작가와
이야기를 나누다. 인천공항 카페에서 서경식 선생이 이어 주신

인연을 이어 갈 방식과 그의 사유를 기억하고 발신할 방식을
모색하기로 뜻을 모으다.

2024년 1월 16일　황모과 작가에게 『파라-다이스』의 기획안을 보내며
원고를 의뢰하다. 당일로 수락 메일이 오다.

2024년 2월 3일　백민석 작가에게 『파라-다이스』의 기획안을 보내며
원고를 의뢰하다. 당일로 수락 메일이 오다.

2024년 2월 7일　경복궁 인근의 카페에서 정주하, 황모과 작가와 만나
첫 회의를 가지다. 사진과 소설이 마주 보는 형식에 관해 의논하고
정주하 작가가 가져온 '희망 목장'과 넝쿨 사진을 펼쳐 보며 이야기를
나누다.

2024년 3월 14일　백민석 작가와 함께 정주하 작가와 부인 이선애
선생의 완주 자택을 방문하다. 정주하 작가의 후쿠시마 방문기를
들으며 식사한 후 작업실로 자리를 옮겨 〈파라-다이스〉 연작을 보다.

2024년 11월 3일　백민석 작가가 「검은 소」 원고를 보내오다.
배경은 2023년. 제2원자력발전소까지 녹아내린 상황. '방사능
벨트' 다큐멘터리의 내레이션 원고를 준비하는 '나'를 화자로,
무국적자처럼 살아온 재일조선인 출신 여성 게이코를 주인공으로
삼은 소설. 남편의 폭력으로부터 도망쳐 죽음의 땅으로 온 게이코가
화상통신 단말기를 통해 보내오는 스산한 풍경이 강렬하다.

2024년 11월 16일   황모과 작가가 「마지막 숨」 원고를 보내오다. 배경은 2018년경. 2011년 동일본대지진 후 죽음이 유예된 곳이 된 목장의 소들은 2023년 오염수 방류로 죽은 인어 고기를 먹고 불로불사하게 된다는 설정의 소설. 전설과 신화가 되기를 거부하며 금식을 시작하는 소들이 망각을 통해 역사를 지우고 싶어 하는 인간들에게 대항하는 모습이 흥미롭다.

2024년 12월 17일   종로구의 북카페에서 서경식 1주기 추모 행사 및 『어둠에 새기는 빛』 출간 기념회를 열다.

2025년 1월 20일   디자이너 박대성, 편집자 최유철과 함께 정주하, 이선애 선생의 완주 자택을 방문해 편집 회의를 갖다. 책의 판형 및 제책 방식을 정하다. 두 소설가의 글과 정주하 작가의 사진, 에세이를 어떤 방식으로 배치할 것인지 고민하다. 소설과 〈파라-다이스〉 연작에 이어 「미나미소마 일기」가 시작되면 흑백에서 컬러로 분위기를 전환하는 방안 등을 논의하다. 마지막 3부에 서경식 선생의 글과 어울리는 정주하 작가의 과거 후쿠시마 관련 연작 〈빼앗긴 들에도 봄은 오는가〉를 병치하기로 의견을 나누다.

2025년 3월 6일   광화문에서 정주하, 이선애, 박대성, 최유철이 모여 조판 원고를 보며 구성을 확정하다. 〈파라-다이스〉 연작 외에 미나미소마 방문 시 찍은 사진 중에서도 책에 수록할 작품을 고르다. 2025년 서울국제도서전 기간(6월 18~22일)에 맞춰 출간하기로 결정하다.

2025년 3월 23일 '믿을 구석'이라는 주제로 열리게 될 2025 서울국제도서전의 신간 최초 공개 프로그램 '여름, 첫 책'에 응모하다. 도서전 신청을 위한 기획서에는 서경식 선생의 말을 인용하다.

"우리의 '믿을 구석', 작은 유리병을 바다에 띄울 용기"

서경식은 글쓰기를 일을 외딴섬에 표착한 사람이 유리병에 편지를 넣어 바다에 던져 보내는 '투병 통신'에 비유하며 이렇게 말했다.

"이 부서지기 쉬운 작은 병이 없다면 작가나 시인이 외부나 미래를 향해 통신을 할 수도 없다. (…) 작가가 고독하듯 출판인도 고독하다. 그러나 작가와 출판인은 협동해서 미래를 위한 '투병 통신'을 계속 흘려보내야 한다."

진실을 계속 이야기하고자 하는 사람들이 모여 바다를 향해 유리병을 던지는 일. 유리병 속 편지를 꺼내 읽으며 용기를 북돋워 주는 벗이 되는 일, 그것이 우리가 '믿을 구석'이다.

2025년 4월 23일   정주하 작가와 표지 디자인 시안을 보며 의견을 나누다. 측면을 바라보는 소, 정면을 바라보는 소. 두 장의 사진을 선택한 시안을 앞표지와 뒤표지가 구분되지 않도록 구성하여 '역설의 파라-다이스'를 이미지화하기로 결정하다.

(작성 : 박현정, 최재혁)

원자력발전 및 핵무기 사건·사고 연표

1941년 최초의 방사성물질 인공 합성.

1945년 미국 뉴멕시코주 화이트샌즈 미사일시험장에서 '장치gadget'라고 명명된 역사상 최초의 핵폭탄이 폭발. 불과 몇 주 후 일본 히로시마와 나가사키에 비슷한 폭탄이 투하되었다.

1949년 소련의 핵실험 성공.

1952년 캐나다 초크강 원자력연구소에서 냉매 부족으로 부분 용융과 수소 폭발 발생. 격납 용기가 손상되어 방사능이 누출되었다(INES[국제 원자력 사고 평가 척도] 등급 5).

1953년 미국 사우스캐롤라이나주의 재처리 시설에서 폭발 사고 발생.

1954년 미국이 서태평양의 비키니섬에서 진행한 수소폭탄 실험으로 인근 해역에서 조업 중이던 일본 원양어선 선원이 피폭.

1957년 소련 우랄 지방의 마야크플루토늄공장에서 80톤 분량의 핵폐기물 저장고가 폭발(INES 등급 6). 영국 윈드스케일 발전단지에서 원자로 화재 사고가 발생해 방사능 누출(INES 등급 5).

1961년 미국 아이다호주 폴스의 시험 원자로에서 폭발 사고 발생.

1966년 스페인 알메리아 상공에서 미군 B-52 폭격기와 급유기가 충돌. 폭격기에 탑재되어 있던 수소폭탄이 떨어져 큰 피해를 낳았다.

1969년 스위스 뤼상스의 지하 시험 원자로에서 다량의 냉각수 유출, 부분 용융 발생.

1975년 미국 앨라배마주 브라운스페리원전 사고. 동독 루프민공업단지에서 송전선 단락 사고로 화재가 발생해 원자로 노심에 부분 용융 발생.

1977년 체코슬로바키아 보후니체원전 사고(INES 등급 4).

1979년 미국 펜실베이니아주 해리스버그의 스리마일원전에서 기기 오작동으로 인한 노심 용융 사고 발생(INES 등급 5).

1981년 영국 셀라필드의 재처리 시설에서 발생한 방사능 누출 사고로 인근 목초지가 오염(INES 등급 4).

1985년 러시아 발라코보 원전에서 증기 폭발 사고로 14명 사망. 일본 쓰루가 원전에서 원자로 보수 작업 중 약 45명의 작업자가 피폭.

1986년 소련 프리피야트(현재는 우크라이나령) 인근 체르노빌원전에서 발생한 사고로 방사성물질이 유럽 전역으로 확산. 폭발로 31명의 직원이 현장에서 사망. 미국 서리 원전 폭발 사고로 4명 사망(INES 등급 7).

1987년 브라질 고이아니아 원전 방사능 유출 사고(INES 등급 5).

1989년 미국 서배너강 인근 재처리 시설에서 8명의 작업자가 피폭. 독일 그라이프스발트원자로에 기술적 고장 발생.

1991년 걸프전쟁에서 미군이 열화우라늄탄을 사용.

1992년 러시아 상트페테르부르크 인근 소스노비보르원전에서 다량의 방사성 요오드가 대기 중으로 유출.

1993년 러시아 세베르스크원전 사고(INES 등급 4).

1995년 일본 몬주고속증식로의 2차 냉각 시스템에서 2~3톤의 나트륨이 유출. 한국 고리 원전 방사능 누출 사고(INES 등급 1).

1997년 일본 도카이무라의 핵연료재처리 공장에서 화재가 발생해 최소 35명의 작업자가 고준위 방사선에 노출.

1998년 영광원전 방사능 누출 사고, 고리원전 핵 연료봉 손상 사고.

1999년 일본 도카이무라의 핵연료재처리 공장에서 사고 발생. 예기치 못한 연쇄반응으로 2명이 사망하고 116명이 피폭되었다(INES 등급 4).

2001년 프랑스 카테농원전 3호기에서 핵 연료봉 파손 사고.

2002년 울진원전에서 핵 연료봉 손상 및 냉각수 탈루 사고 발생.

2003년 영광원전 5호기에서 일어난 사고로 오염수 3,500톤이 바다로 유출.

2004년 일본 미하마원자로에서 일어난 증기 폭발 사고로 4명이 사망.

2005년 영국 셀라필드의 재처리 시설에서 방사성물질 누출 사고 발생(INES 등급 5).

2007년 일본 가시와자키원자력발전 단지에서 변압기 화재 사고 발생. 오염수 유출.

2011년 후쿠시마 제1원전 사고(INES 등급 7).

(작성 : 최유철)

정주하

1958년 인천에서 태어나, 중앙대학교 사진과를 중퇴하고 독일로 건너가 쾰른 FH 대학교Fachhochschule Freie Kunst의 아르노 얀센Arno Jansen 교수 밑에서 밑에서 마이스터쉴러 학위를 받았으며, 백제예술대학교 사진과 교수를 역임했다. 현재 완주자연지킴이연대 공동대표로 활동하고 있다. 빌레펠트 슈바르츠분트 갤러리, 크레펠트 파브릭헤더 갤러리, 시카고 현대사진미술관, 휴스턴 윌리엄스타워 갤러리, 오키나와 사키마미술관, 사이타마 마루키미술관, 예술의전당, 아트선재센터, 한미사진미술관 등 여러 곳에서 개인전 및 그룹전을 가졌다. 프랑스 국립도서관, 한국 국립현대미술관, 서울시립미술관, 한미사진미술관, 전북도립미술관 등에 작품이 소장되어 있으며, 사진집으로 『땅의 소리』, 『서쪽바다』, 『불안, 불-안』, 『빼앗긴 들에도 봄은 오는가』, 『모래 아이스크림』, 공저로 『다시 후쿠시마를 마주한다는 것』 등이 있다.

백민석

1971년 서울에서 태어나 1995년 『문학과사회』를 통해 작품 활동을 시작했다. 소설집 『16믿거나말거나박물지』, 『장원의 심부름꾼 소년』, 『혀끝의 남자』, 『수림』, 『버스킹!』, 장편소설 『헤이, 우리 소풍 간다』, 『내가 사랑한 캔디』, 『불쌍한 꼬마 한스』, 『목화밭 엽기전』, 『러셔』, 『죽은 올빼미 농장』, 『공포의 세기』, 『교양과 광기의 일기』, 『해피 아포칼립스!』, 『플라스틱맨』, 산문집 『리플릿』, 『아바나의 시민들』, 『헤밍웨이』, 『러시아의 시민들』, 『이해할 수 없는 아름다움』, 『과거는 어째서 자꾸 돌아오는가』가 있다.

황모과

소설집 『밤의 얼굴들』, 『스위트 솔티』, 중편소설 『클락워크 도깨비』, 『10초는 영원히』, 『노바디 인 더 미러』, 『언더 더 독』, 장편소설 『우리가 다시 만날 세계』, 『서브플롯』, 『말 없는 자들의 목소리』, 『그린 레터』 등을 출간했다. 2019년 한국과학문학상, 2021년과 2024년 SF어워드를 수상했다.

서경식

1951년 일본 교토에서 재일조선인 2세로 태어났다. 와세다대학 불문과를 졸업하고 1971년 '재일 동포 모국 유학생 간첩단 사건'으로 구속된 형 서승, 서준식의 구명과 한국의 민주화를 위한 운동을 펼쳤다. 2000년부터 도쿄경제대학에서 교수로 재직하며 인권론과 예술론을 가르쳤으며, 도서관장을 역임하고 2021년 정년퇴직했다. 『소년의 눈물』로 '일본에세이스트클럽상'을, 『시대의 증언자 쁘리모 레비를 찾아서』로 '마르코폴로상'을 받았고, 민주주의와 소수자 인권 신장에 기여한 공로로 '후광 김대중 학술상'을 수상했다. 2023년 12월 18일 72세를 일기로 일본 나가노현에서 세상을 떠났다. 지은 책으로 『나의 서양미술 순례』, 『디아스포라 기행』, 『난민과 국민 사이』, 『고뇌의 원근법』, 『언어의 감옥에서』, 『나의 조선미술 순례』, 『시의 힘』, 『나의 이탈리아 인문 기행』, 『나의 일본미술 순례』, 『어둠에 새기는 빛』 등이 있다.